Giuseppe Gracia
Der Tod ist ein Kommunist

www.fontis-verlag.com

Für Antje,
Liebe meines Lebens

Der Tod ist ein Kommunist

Ein Fiebertraum

Giuseppe Gracia

fontis

FSC
www.fsc.org
MIX
Papier aus verantwortungsvollen Quellen
FSC® C014138

Bibliografische Information d. Deutschen Nationalbibliothek
Die Deutsche Nationalbibliothek verzeichnet diese Publikation in der Deutschen Nationalbibliografie; detaillierte bibliografische Daten sind im Internet über www.dnb.de abrufbar.

Der Fontis-Verlag wird von 2021 bis 2024
vom Schweizer Bundesamt für Kultur unterstützt.

Umschlag: Antje Gracia
Illustration Umschlag: Antje Gracia
Satz: Samuel Ryba
Druck: Finidr
Gedruckt in der Tschechischen Republik

ISBN 978-3-03848-217-8

«Das ist kein Traum. Wir senden aus der Zukunft. Wir können nicht übermitteln, wenn Sie wach sind. Wir nutzen Ihr Unterbewusstsein, deshalb empfangen Sie diese Nachricht wie einen Traum. Aber das ist kein Traum.»

Aus dem Film «Prince of Darkness»
(John Carpenter, 1987)

1

Bis zum Tag seines Nervenzusammenbruchs galt der Professor als freundlicher, etwas schüchterner Philosoph. Er arbeitete achtzehn Jahre an der Universität Zürich und verfasste später ein Theaterstück, das der Professor nur einem einzigen Menschen zeigte, da es sich um den ersten ernsthaften Versuch einer Komödie handelte mit dem Titel «Der Tod ist ein Kommunist».

Am liebsten verkehrte der pensionierte Denker mit zwei Freunden: erstens mit einem 60-jährigen Chemiker aus der Nachbarschaft (Schwäche für Platon und Heidegger), zweitens mit einem 45-jährigen Journalisten namens Hofstetter (ehemaliger Student). Diese Freunde begleiteten den Professor auf Spaziergängen, die in Wahrheit längere Gedankengänge waren und in überraschende Höhen führen konnten, unterbrochen von Holzbänken mit herrlicher Aussicht, von Ruhepausen mit frischem Trinkwasser und saftigen Äpfeln. Überhaupt stand der Professor im Ruf, die Natur zu genießen, das Leben und die Menschen gern zu haben.

Umso größer die Überraschung, als er in der Psychiatrischen Klinik Hobelberg landete, wo sonst keine Philosophen landen, sondern Depressive und Schizophrene aus praktischeren Berufen, allenfalls Literaturkritiker oder Leute aus der Gesundheitsbranche, welche die Menschen schon seit Längerem krank machte. Da der ältere Freund des Professors (der Chemiker) einige Wochen zuvor von der Leiter gestürzt war (defekte Deckenlampe) und sich das Genick gebrochen hatte, fand das Hobelberg'sche Klinikpersonal zunächst keine Verwandten oder Bekannten des Professors, um sie zu kontaktieren. Man wusste, dass der Patient ein emeritierter Akademiker war, verwitwet und kinderlos.

Zum Glück trug der Professor das dunkelgraue Notizbuch bei sich, mit dem er sich angewöhnt hatte, jählings aus der Tiefe hochschnellende Gedanken festzuhalten, von denen es in seinem Kopf zuweilen wimmelte: Schwärme von Schmetterlingen, jeder Flügelschlag eine Idee, sogleich davonflatternd, verschwindend am Horizont der Vergessenheit – wäre das Notizbuch des Professors nicht gewesen.

Nun entdeckte man im Notizbuch nicht nur eine Sammlung verschiedener Gedankenschmetterlinge, sondern auch die Handynummer des 45-jährigen Journalisten Hofstetter. Dieser arbeitete, wie die Klinik herausfand, für die renommierte Zürcher Allgemeine Zeitung.

Als einziger Bekannter des Patienten wurde Hofstetter über das Vorgefallene in Kenntnis gesetzt. Gemäß Polizeirapport hatte man den Professor vor dem Universitätsspital Zürich in Gewahrsam genommen. In der Notaufnahme hatte er versucht, Patienten von der brandneuen Impfung *MultiPan* abzuhalten, welche verschiedene Regierungen in Europa den Menschen anboten, um sie gegen gefährliche Viren und Pandemien zu schützen (Covid 19, Nixon-Trump-Virus,

Habakuk-Epidemie). Seit Monaten durften die Menschen nur noch mit einem digitalen Impfausweis frei reisen, frei trinken oder Körpersäfte austauschen. Dagegen hatte sich der Professor gewehrt und die Leute im Krankenhaus angebrüllt. Ja, er war wohl gegen das Personal handgreiflich geworden.

Der Professor – ein Aggressor? Das konnte Hofstetter nicht glauben. Erst kürzlich hatten sie miteinander einen friedlichen Spaziergang erlebt, wobei sich der Professor zwar Scherze zur Klimaerwärmung und zur Gesundheitspolitik erlaubt hatte, weil er diese für Schwachsinn hielt (die Politik, nicht die Klimaerwärmung). Der Professor hatte auch schon behauptet, die *MultiPan*-Impfung bringe nicht die große Gesundheit, sondern mache den männlichen Teil der Bevölkerung unfruchtbar – doch nie war der Professor deswegen je aggressiv geworden.

Hofstetter wollte seinen Freund sehen. Zwar arbeitete er in der Redaktion in Zürich gerade an einer Sonderbeilage zur kriselnden Schweizer Uhrenindustrie (Abgabetermin: in 36 Stunden), aber für den Moment mussten die Zeiger der Dringlichkeit eben stillstehen.

In der Klinik ließ man Hofstetter kleingedruckte, versicherungstechnisch vertrackte Formulare ausfüllen, bevor er die Erlaubnis bekam, das Zimmer zu betreten, in dem sein Freund untergebracht war.

Der Professor saß auf einem Stuhl vor einem vergitterten Fenster, das auf den Hobelberger Park hinausging – ein schöner, sanft durchwehter Park –, und schien sich zu freuen, Hofstetter zu sehen.

Er wirkte vollkommen normal. Und er riet dem jungen Freund, sich auf keinen Fall impfen zu lassen.

«Was ist passiert?», wollte Hofstetter wissen.

Der Professor lächelte milde, wie aus einer großen, inneren Sicherheit heraus. «Die *MultiPan*-Impfung ist eine Impfung gegen die Wahrheit und das Leben.»

«Wie?»

«Gegen die Wirklichkeit.» Der Professor deutete zum Fenster, hinaus auf den Park. «Die Wirklichkeit draußen, die Realität. Dein persönliches, unverwechselbares Leben. Deine Lebenspotenz.»

«Was ist damit?»

«Es ist schön, wenn du frei bist. Aber schrecklich, wenn du als impotenter Sklave lebst, wenn du nicht merkst, dass du ein kastrierter Schläfer bist.»

«Was?»

Offensichtlich hatte sich der Professor über Nacht – oder über längere, metaphysisch verdeckte Zeiträume hinweg – davon überzeugt, dass in der Welt eine Verschwörung gegen die Menschen im Gange war. Ein Komplott gegen das freie Denken und die freie Fortpflanzung, im Fahrwasser verschiedener Probleme (Pandemien, Klimaerwärmung, Demokratiekrise).

Natürlich kannte Hofstetter die wirren Theorien, die dazu im Internet kursierten. Theorien über rechtspopulistische Spalter der Gesellschaft, über machtvolle Milliardäre und Chemiekonzerne, die versuchten, mit interkontinental inszenierten Krisen die Menschen in Angst und Schrecken zu versetzen, um dann, im Namen der Sicherheit, eine digital gerüstete, bargeldlose Diktatur zu errichten.

«Wer sich impfen lässt, versinkt in einer fruchtlosen Traumwelt», erklärte der Professor. «Er verliert seinen Bezug zur Realität, also seine Freiheit. Er wird ein manipuliertes Wesen der ängstlichen Masse. Ein Staatssubjekt als Objekt.»

«Aber Professor», erwiderte Hofstetter, «ich habe mich impfen lassen. Und fühle mich gut.»

«Wann hast du dich impfen lassen?»

«Letzte Woche.»

«Dann wird es bald geschehen.» Der Professor wirkte traurig. «Du wirst den Verstand verlieren. In den biochemischen Illusionen, die dein Gehirn seit der Impfung produziert, wirst du dich frei fühlen. Ja, du wirst Spannendes und Erregendes erleben. In Wahrheit aber werden deine Tage betäubt sein, die Tage eines geistig geknebelten Systemsklaven.»

Hofstetter verstand nicht. «Du meinst, das war bisher anders?»

Aber es machte keinen Sinn, den Freund zur Vernunft bringen zu wollen. Schließlich wusste auch Hofstetter, dass die vollkommene geistige Betäubung der Gesellschaft kein Witz war. Jeder konnte sehen, dass die Welt nicht von Genies bevölkert wurde. Doch wie sollte das in der gegenwärtigen Situation helfen? Viel wichtiger war es, mit dem behandelnden Arzt zu sprechen.

Der Arzt empfing Hofstetter im Ostflügel der Klinik, in einem schönen, hellen Büro.

«Nimmt der Professor Drogen?», wollte der Arzt wissen.

Hofstetter war fassungslos. «Er ist *Philosoph!*»

«Ja, natürlich. Entschuldigen Sie.»

«Er mag Spaziergänge und Äpfel.»

«Verstehe.»

«Ich bin sicher: Die vielen Pandemie-Ängste und Maßnahmen der Regierung haben ihm zugesetzt. Wissen Sie, Herr Doktor, der Professor liebt die Menschen. Er liebt die Freiheit. Wahrscheinlich deprimiert es ihn, die Menschen seit Monaten mit Maske auf der Straße zu sehen. Zu sehen, dass die Menschen Angst haben vor einem freien Leben, aus Angst vor dem Sterben. Dass sich die Menschen nicht mehr küssen, nicht mehr umarmen. Dass alles zugeschlossen wird, was nicht lebenswichtig ist: Kulturbetriebe, Schwimmbäder, Kirchen, Kleidergeschäfte. Dass nur absolut Notwendiges offen bleibt: Nagelstudios, Bordelle, Schnapsläden, Abtreibungskliniken.»

«Verstehe.»

Hofstetter hielt inne. «Oder denken Sie, dass es nichts damit zu tun hat? Nichts mit den Masken?»

«Nein», sagte der Arzt.

«Nein?»

«Es könnten fremde Substanzen sein.»

Hofstetter überlegte. «Sie meinen eine drogengenerierte Hypnose?»

«Drogeninduzierte Psychose.»

«Sage ich doch. Meinen Sie, das könnte es sein?»

Der Arzt lehnte sich zurück, in einem ergonomischen, stufenlos verstellbaren Bürostuhl.

«Dazu müsste der Patient ...»

«Kiffen?»

Der Arzt nickte.

«LSD, Meskalin, Speed?»

Wieder nickte der Arzt. «Kokain würde es auch tun. Auf Kokain kommt es manchmal sogar besser. Kreativer.»

Interessant, dachte Hofstetter. Aber das war, bei aller Vorstellungskraft, nicht die Welt des Professors. Jemand wie er nahm keine Drogen, nicht einmal, um aus einer Depression herauszukommen. Oder aus einem langweiligen, tödlich routinierten Leben. Einem Leben, wie es die meisten Männer ab einem gewissen Alter nun einmal führten. Männer wie der Professor oder Hofstetter: ohne besonderes Einkommen, ohne besondere Bekanntheit, ohne besonders gutes Aussehen. Männer, die zu keinen großen Abenteuern kamen und die auch nicht – wie im Film – verführerischen Frauen in eleganten Grandhotels begegneten. Männer wie Hofstetter begegneten nicht einmal verführerischen Speisekarten.

«Ich kann es nicht glauben, Herr Doktor. Kann man über Nacht einem Verschwörungswahn verfallen?»

Der Arzt nickte.

«Er hat von der *MultiPan*-Impfung gesprochen», fuhr Hofstetter fort. «Er glaubt, sie macht die Männer impotent.»

Der Arzt blätterte in den Unterlagen, überflog seine Notizen. «Der Patient geht davon aus, dass durch fremde DNA und mittels anderer, in einem Geheimlabor in Honolulu gefertigten Substanzen die Menschen gleichgeschaltet werden. Dass wir bald eine Zweiklassengesellschaft haben: auf der Sonnenseite die guten, staatlich approbierten Menschen, die sich impfen lassen, auf der Schattenseite die Ungeimpften, denen man Grundrechte wegnimmt. Außerdem glaubt der Patient, dass alle Männer, die sich impfen lassen, als chemisch kastrierte Haustiere ihrer Frauen enden. Der Patient leidet an der akuten Angst, seine

Freiheit zu verlieren. Er fürchtet um den Verlust der Welt, die er als wahr empfindet, die er wach erleben möchte, emotional erreichbar und sinnstiftend.»

«Er möchte kein Haustier sein.»

Der Arzt erklärte, dass sie zurzeit einige Patienten in der Klinik hätten, die paranoid seien. Frauen und Männer, die an böse Mächte glaubten. Böse Konzerne, welche eine neue Weltregierung anstrebten mit dem Ziel, sich die Massen gefügig zu machen. Durch medial verbreitete Panik. Durch kollektiven moralischen Druck. Durch Maskenzwang, Impfzwang, Theaterverbot, Konzertverbot, Kinoverbot, Reiseverbot, Versammlungsverbot, kollektiven Hausarrest.

«Unsinn», erwiderte Hofstetter. «Mit so etwas würden unsere Regierungen niemals durchkommen.»

«Natürlich nicht», erwiderte der Arzt.

«Außerdem gibt es die Medien», sagte Hofstetter. «Die vierte Macht im Staat. Die Überwacherin der Macht, die unbestechliche Anwältin der kleinen Leute. Niemals würden sich die Medien so einer Regierung andienen und ihr helfen, die Leute zu erschrecken.»

«Niemals.»

«Immer würden die Medien die Regierung hinterfragen und gegen Angriffe auf Grundrechte kämpfen. Niemals würden sie mit der Regierung ins Bett gehen und statt des Verhaltens der Regierung lieber das Verhalten der kleinen Leute hinterfragen, vollkommen unmöglich.»

«*Wir* wissen das», stimmte der Arzt zu. «Weil wir vernünftig sind. Aber es gibt viele Menschen, die davon ausgehen, dass die Regierungen mit so etwas durchkämen – und dass die Bevölkerung sich das gefallen lassen würde! Es sind Verwirrte, die an eine finstere Macht glauben, die sie für ihre Psyche unbewusst brauchen, um sich dagegen auflehnen zu können. Viele führen nämlich ein ereignisloses, spannungsarmes Leben, verstehen Sie? Ein Leben voller Pflichten und kleiner Freuden, welche sich mit den Jahren ewig wiederholen, abstumpfen, dahinschrumpfen. Die Freuden, nicht die Pflichten.»

«Verstehe», sagte Hofstetter. «Die Freuden schrumpfen, die Pflichten bleiben.»

«Und weil die meisten Menschen so ein ödes Leben führen, wollen sie, dass endlich etwas passiert. Eine Verschwörung, die das Leben zum Aufreger macht. Idealerweise ein globales Komplott, das die Menschen zum Kampf für Wahrheit und Freiheit zwingt. In diesem Kampf fühlt man sich dann lebendig.»

«Ich langweile mich oft zu Tode», erwiderte Hofstetter, «dann schaue ich mir einen Thriller an, mit gut geplanten Intrigen und durchtrainierten Helden.»

«Und schönen Frauen, die im Grandhotel auf den Helden warten?»

«Was sonst?»

«Herr Hofstetter, es ist gut, wenn Sie dieses Prinzip durchschauen. Der Mensch unserer Zeit existiert im wachsenden Gefühl, mit seinem Smartphone überall zu sein und nirgends, äußerlich betriebsam und innerlich komatös. Im Büro, zu Hause, auf der Straße, bei Freunden, offline, online: alles gleichzeitig, alles ein bisschen und nichts wirklich. Das führt zu akuter emotionaler Austrocknung. Zu einer Zombie-Existenz ohne Verbindung zum wahren Leben, verstehen Sie?»

«Natürlich, wer nicht?»

«Dieses Gefühl», sagte der Arzt, «sorgt für die Beliebtheit von Verschwörungen. Manche Patienten *ritzen* sich, andere besuchen eine Domina, lassen sich fesseln, auspeitschen, um sich lebendiger zu fühlen. Andere kämpfen gegen Verschwörungen.»

«Die Rebellen-Rolle als Aphrodisiakum?»

Mit dieser Schlussfolgerung schien der Arzt zufrieden. Er erhob sich von seinem ergonomischen, stufenlos verstellbaren Stuhl, ging zum Buchgestell neben dem Fenster, holte ein Buch heraus und reichte es Hofstetter. Titel: *Ein kolossaler Betrug*.

«Mein neues Werk», erläuterte der Arzt. «Es geht um das Grundgefühl, vom Leben betrogen zu sein. Das Dasein als Schwindel. In diesem Zusammenhang eine empirisch-systematische Untersuchung der Grundlagen der Bedingungen verschwörungstheoretischer Projektionen, ausgelöst von vitalen Verlustängsten.»

«Verstehe», sagte Hofstetter.

«Ich habe gehört, Sie schreiben für die Zürcher Allgemeine Zeitung?»

«Immer wieder.»

«Vielleicht können Sie mein Buch besprechen. Oder ein Interview abdrucken?»

Hofstetter sicherte dem Arzt zu, das Buch der Redaktion vorzuschlagen.

Auf dem Rückweg in den Verlag – es war bereits Abend geworden – dachte Hofstetter an den Professor. Wäre es sinnvoll, ihn morgen wieder zu besuchen? Er könnte dem alten Freund geduldig zuhören, um besser zu verstehen, was los war; um dem Freund zu helfen.

Ja, er könnte dem Professor zeigen, wie viel er ihm bedeutete – und dass es keinen Grund gab, wegen irgendwelcher Impfungen oder größenwahnsinniger Gesundheitspolitiker, welche die Gesellschaft plagten, den Verstand zu verlieren.

Mit diesem Gedanken stieg Hofstetter aus dem Tram, zwei Häuser von der Redaktion entfernt. Er überquerte die Straße, doch bevor er die andere Seite erreichte, bremste neben ihm ein Wagen. Eine schwarze Mercedes-Limousine, aus der eine Frau stürmte, zusammen mit einem großen, kräftig gebauten Fahrer.

Sie drängten Hofstetter zur geöffneten Hintertür. Der Fahrer verpasste Hofstetter eine heftige Ohrfeige, so dass ihm schwindlig wurde. Man verfrachtete das Opfer in den Wagen, dann brauste der Mercedes davon. Eine Sache von knapp vierzig Sekunden, beobachtet von Augenzeugen an der Straßenampel. Diese reagierten aber nicht, da sie sich entweder wieder ihrem Smartphone zuwandten oder dem erschwerten Atmen unter der neuen FFP3-Maske.

2

Noch nie war Hofstetter entführt worden und hätte sich nicht träumen lassen, dass es eines Tages in einer Limousine weit über seiner Einkommensklasse geschehen würde, auf dem Rücksitz neben einer schönen Frau, die nach Parfüm roch (Zitrus in der Kopfnote, Holz in der Basisnote).

«Wer sind Sie?»

Die Frau betrachtete ihn mit dem Schweigen ihrer grünen Augen, während sie hin und her geschüttelt wurden, weil der Fahrer mit hoher Geschwindigkeit durch die Straßen schoss. Er steuerte eine Tiefgarage an. Eine Garage, die Hofstetter – seit Jahren in Zürich – noch nie aufgefallen war. Im Innern der Garage quietschende Reifen im Halbdunkel, und im Innern des Halbdunkels weiterhin das Parfüm der Unbekannten mit den grünen Augen, durchschnitten vom hereinflackernden, vorbeigleitenden Neonlicht der Tiefgarage.

«Bitte, ich bin total unwichtig. Ich bin Journalist.»

Keine Antwort, nur ein Grunzen vom Fahrer vorne.

Als der Wagen zum Stillstand kam, erkannte Hofstetter, dass die unbekannte Schöne den kleinen Bildschirm bediente, der an ihrem rechten Handgelenk befestigt war. Es erklang ein Summen, während die Frau den Bildschirm auf Hofstetter richtete.

«Ich muss ins Büro», sagte er. «Eine Sonderbeilage zur kriselnden Uhrenindustrie.»

Das Ding am Arm leuchtete auf – ein plötzlicher, geräuschloser Blitz, der Hofstetter in die Bewusstlosigkeit schickte.

Für einen Moment kam es ihm so vor, als sei er wieder in der Redaktion, zurück im Zeitungsverlag. Zurück in der gewohnten, seit Jahren sich im Kreis drehenden grauen Maus seines Alltags. Die üblichen Gesichter der Kollegen. Redaktionssitzung mit Kaffee. Sitzen und Schreiben am Computer. Wieder Kaffee. Sitzen und Korrigieren am Computer. Sitzen und Zeitvertrödeln am Computer. Erneut Kaffee und noch mehr Zeitvertrödeln am Computer.

Zum Glück erwachte Hofstetter bald aus diesem Albtraum und stellte beruhigt fest, dass er noch immer entführt wurde.

Inzwischen hatte man ihn in einen großen, klimatisierten Raum geschleppt. Er war an einen Bürostuhl gefesselt.

«Hallo!»

Keine Antwort.

Hofstetter bemerkte, vor sich auf dem Boden, das Buch des Arztes aus der Hobelberg-Klinik: *Ein kolossaler Betrug.*

«Ich bin nicht dieser Autor! Bitte, ihr habt den Falschen erwischt!»

Nichts, Stille.

«Hört zu, ich gebe euch die Adresse des Mannes, der dieses Buch geschrieben hat. Dann könnt ihr ihn euch schnappen.»

Nun öffnete sich die Tür. Ein Mann mit grau melierten Haaren und randloser Brille betrat den Raum, gefolgt von der Frau mit den grünen Augen. Sie musterte ihn aufmerksam, als fände sie ihn besonders interessant.

«Wirklich», bat er. «Die Sonderbeilage zur Uhrenindustrie bringt wichtige Inseratekunden.»

«Sie haben keine Ahnung, was los ist?»

«Was los ist? Ich bin gefesselt.»

Der Mann mit der randlosen Brille warf der Frau einen Blick zu, und diese bediente wieder das Ding an ihrem Arm, den Flachbildschirm. Diesmal löste es eine Projektion aus, eine Art Hologramm, etwa in der Mitte des Raums. Es erschienen Szenen aus der Tagesschau, Bilder von Massenprotesten, Straßenschlachten, Bürgerkriegen. Fotos von Krisensitzungen, Gipfeltreffen. Es folgten Statistiken, dazu eine Computersimulation der Weltbevölkerung, wobei viele – um den Globus verteilte – rote Punkte im Zeitraffer blau wurden, bis nur noch Blau zu sehen war.

«Sie verstehen?», fragte der Mann am Ende der Vorführung.

«Sie betreiben Marktforschung?»

Der Mann schwieg.

«Sie sind ein verzweifeltes Marketingunternehmen. Sie entführen Journalisten, um in die Zeitung zu kommen.»

Die Frau mit den grünen Augen kam zu Hofstetter und beugte sich zu ihm herab, mit dem warmen, weichen Nebel ihres Parfümduftes. Wieder war es, als wolle sie ihn genau mustern, sich sein Gesicht, die

Nase, die Stirn, die Haare einprägen. Dann küsste sie ihn plötzlich – mit Lippen wie Rosenblätter.

Hofstetter begann zu zittern.

«Ich werde ihn lieben», sagte sie. «Ich habe es gewusst, ich habe es von Anfang an *gewusst.*»

«Bitte», keuchte Hofstetter, «das ist Folter.»

Der Mann mit der randlosen Brille schickte die Frau hinaus.

«Du kannst ihn nachher sehen, im Hotel», sagte er.

Als die Frau weg war, erklärte der Mann: «Mein Name ist Brenner.»

«Gratuliere.»

Brenner verschränkte die Arme. «Ich werde Ihnen erklären, warum Sie hier sind. Sie werden zuhören. Sie werden offen sein für die Möglichkeit, dass das, was Sie hören, wahr ist.»

Hofstetter nickte. «Ich werde offen sein wie nie.»

Brenner begann zu sprechen. Die Verschwörungstheorie, erklärte er, wonach es globale Mächte gebe, die verschiedene Pandemien sowie die Klimakrise dazu nutzten, um einen Umbau der sozialen und ökonomischen Grundlagen der Menschheit durchzuführen, sei keine Theorie, sondern eine Tatsache. Das werde dem einfachen Volk verschwiegen, denn dieses sei zu dumm und würde, wenn es die Wahrheit wüsste, nur Probleme machen, also den großen Plan stören.

Dieser große Plan allerdings, erklärte Brenner, sei nicht das Problem, denn auf der Welt habe es immer große Pläne gegeben, genauer gesagt: Es habe immer Reiche und Mächtige gegeben, die versucht hätten, der Menschheit ihren Stempel aufzudrücken. Diese Mächtigen seien zum Glück aber regelmäßig gestorben, und so seien auch ihre Pläne gestorben, vom Winde in alle Himmelsrichtungen der Vergänglichkeit gestreut, so Brenner in einem Anflug von Poesie. Irgendwann beende der Tod nun einmal alles, meistens mitten unter der Woche.

Große Pläne seien am Ende nie das Problem, so Brenner. Das wirkliche Problem der Menschheit bestehe in den Kollateralschäden des Größenwahns. Während Pläne und Größenwahn vergänglich seien, könnten die Kollateralschäden eine sehr langlebige Wirkung entfalten. Wirtschaftlicher Massenruin, Bürgerkrieg, ja, die totale Auslöschung der Menschheit.

«Bisher alles klar?», wollte Brenner wissen.

«Ganz und gar nicht», erwiderte Hofstetter.

«Gut», fuhr Brenner fort. «Das Problem ist, dass wir in wenigen Jahren eine verhängnisvolle Demokratie- und Freiheitskrise erleben werden, verschärft durch die Klimakrise.»

«Und das wissen Sie ganz sicher?»

«Todsicher. Verschiedene wirtschaftliche und politische Krisen führen zum Untergang der Menschheit, wie wir sie heute kennen.»

«Und das wissen Sie so genau, weil Sie – in die Zukunft sehen?»

«Ich bitte Sie.» Für einen Moment tanzte die Andeutung eines Schmunzelns um Brenners sachlichen, trockenen Mund. Dazu glänzte die randlose Brille. «Niemand kann in die Zukunft sehen.»

«Natürlich nicht.»

«Nein. Wir *kommen* aus der Zukunft. Aus dem Jahr 2075.»

«Ach so», antwortete Hofstetter.

«Genauer gesagt ist es aus Ihrer Perspektive die Zukunft, aus der wir kommen. Für uns ist es die Gegenwart, aus der wir kommen, um hier sein zu können, in der Vergangenheit, Ihrer Gegenwart.»

«Vollkommen logisch», sagte Hofstetter. «Hören Sie, das ist alles sehr anstrengend. Die Fahrt in die Tiefgarage mit überhöhter Geschwindigkeit, das Warten, gefesselt an einen Bürostuhl. Ich bin durstig.»

Brenner wirkte verständnisvoll: «Im Hotel werden Sie alles bekommen, was Sie wünschen. Dort wartet Nathalie.»

«Die Nathalie, die mich entführt hat, um mich zu fesseln und zu küssen?»

«Genau die.»

Hofstetter überlegte. Noch immer lag vor ihm am Boden das Buch des Arztes aus der Hobelberg-Klinik. Nun trat Brenner einen Schritt vor. Er hob das Buch auf und blätterte darin.

«Ich weiß, was Sie denken, Herr Hofstetter. Sie denken, dass dieses Buch die Antwort liefert auf die verrückten Dinge, die ich Ihnen gerade erzählt habe. Die Antwort auf alles, was Ihr Freund, der Professor, in der Klinik durchmacht. Ist es nicht so?»

«Wieso sollte ich das denken?», fragte Hofstetter. «Sie behaupten, aus der Zukunft zu kommen, nachdem die Welt untergegangen ist wegen einer globalen Krise rund um Pandemien und Klimawandel. Und dieses Buch behauptet, dass zu Tode gelangweilte Leute an Verschwörungen glauben, um sich endlich wieder lebendig zu fühlen, als Rebell im Kampf gegen das Böse. Natürlich glaube ich *Ihnen* und denke, das Buch liegt total falsch.»

Brenner betrachtete das Buch, vielleicht überrascht. «Dieses Werk behauptet, es gibt keine bösen Mächte gegen das menschliche Leben?»

«Nun ja, es ist mehr eine empirisch-systematische Untersuchung der Grundlagen der Bedingungen verschwörungstheoretischer Projektionen», erklärte Hofstetter, «ausgelöst von vitalen Verlustängsten.»

Brenner warf das Buch in den Papierkorb neben dem schwarzen Tisch, den Hofstetter bisher gar nicht bemerkt hatte (den Papierkorb, nicht den Tisch).

«Nun gut», fuhr Brenner fort. «Ich habe nicht erwartet, dass Sie sofort verstehen. Bevor wir in die Vergangenheit geschickt wurden, warnte man uns vor dem großen Unglauben Ihrer Generation, Herr Hofstetter.»

«Kann man nicht groß genug einschätzen, diesen Unglauben.»

«Es war klar, dass Sie nichts von der Wahrheit hören wollen. Und ich sehe, dass Sie müde sind. Nur noch ein paar Fragen, dann lasse ich Sie zu Nathalie ins Hotel.»

«Sie können mich sofort zu Nathalie lassen.»

«Keine Fragen?» Brenner wirkte enttäuscht. «Sie wollen nicht wissen, wie es möglich ist, dass wir durch die Zeit reisen? Sie wollen nicht wissen, wie wir es geschafft haben, den künftigen Untergang der Menschheit zu überleben, um zurück in die Vergangenheit reisen zu können?»

«Wenn Sie es so formulieren, sind das doch interessante Fragen.»

«Die Erde ist nicht explodiert oder so etwas», erklärte Brenner. «Pflanzen und Tiere sind unversehrt. Nur die Menschheit, wie Sie sie kennen, ist verschwunden.»

«Lassen Sie mich raten: Sie selbst überlebten in einem unterirdischen Labor, als einer der Wissenschaftler, die seit dem Atomkrieg Wege suchen, die Oberfläche neu zu besiedeln. Dazu bauten Sie eine Zeitmaschine, um in der Vergangenheit einen genialen Professor aus der Klinik zu holen, der dabei helfen kann, die böse Zukunft abzuwenden, noch bevor der Untergang stattfinden kann. Sie sind gekommen, um die Menschheit der Zukunft aus der Vergangenheit heraus zu retten.»

«Ich bitte Sie! Das ist doch kein überkonstruiertes, überbezahltes Hollywood-Drehbuch.» Brenner seufzte. «Es ist besser, wenn ich Sie jetzt ins Hotel transferieren lasse. Später, wenn Sie die Wahrheit akzeptieren, werden Sie erfahren, wie und warum wir gekommen sind, was unsere Mission ist.»

«Wie meinen Sie das, transferieren?»

Nun hielt Brenner etwas in der Hand, eine Mischung aus Pistole und Haartrockner. «Keine Sorge, es tut nicht weh. Es wirkt, bis Sie bei Nathalie sind. Wir dürfen nichts riskieren. Vonneguts Leute sind überall. Die *Kinder der Schlange* verfolgen uns. Weil wir die *Kinder des Lichts* sind. Weil sie wollen, dass unsere Mission scheitert.»

«Nein, warten Sie! Wozu das Pistolen-Haartrockner-Ding? Warum benutzen Sie nicht den Bildschirm am Handgelenk, wie vorhin Nathalie?»

«Nein, das hier ist besser. Macht länger bewusstlos.»

«Es könnte aber doch wehtun.»

Brenner zögerte. «Nun ja, vielleicht brennt es ein wenig im Kopf. Oder in den Genitalien. Aber das legt sich wieder.»

«Warten Sie, ich habe jetzt doch Fragen!»

«Ja?»

«Zum Beispiel das Hologramm am Anfang, mit dem Sie mir Bilder gezeigt haben. Wissen Sie noch? Was hatte *das* zu bedeuten?»

«Tagesschaubeiträge und Medienberichte aus der Zukunft, um Ihnen zu beweisen, dass wir die Wahrheit sagen.»

«Medienberichte aus der Zukunft?»

«Bilder von Bürgerkriegen und bröckelnden Regierungen, die überall im Westen das Ende der Demokratie einläuten. Computersimulationen, welche die Regierungen verzweifelt veröffentlichen werden, um vor dem Untergang zu warnen. Erfolglos.»

«Alles klar.» Hofstetter überlegte. «Und wer sind Vonneguts Leute? Wer sind diese Kinder der Schlangenlichter oder Kinderschlangen?»

«Vonnegut, die *Kinder der Schlange*. Wir werden davon sprechen, Herr Hofstetter, aber nicht jetzt.»

Und damit aktivierte er das Pistolen-Haartrockner-Ding.

3

Während seiner Ohnmacht schien Hofstetter erneut vom Alltag im Büro zu träumen: Redaktionssitzung mit Kaffee, Sitzen und Schreiben am Computer, wieder Kaffee, wieder Computer.

Als er das Bewusstsein zurückerlangte, stellte er fest, dass er angezogen im Doppelbett eines Hotelzimmers lag, mit leichten Kopfschmerzen, doch sonst fühlte er sich – ausgeruht?

«Hallo», sagte Nathalies Stimme.

Die Gegenwart ihres Duftes drang zu ihm, die Ahnung ihrer Haut. Sie saß neben ihm auf dem Bettrand.

«Ich habe dich im Schlaf beobachtet», sagte sie.

«Schön, das ist wirklich beunruhigend. Ich muss jetzt in die Redaktion gehen. Sonst gibt es Ärger mit dem Chef.»

Nathalie lächelte, und ihre grünen Augen füllten sich mit der Wärme schwärmerischer Verliebtheit. Das, oder es war eine sehr glückliche Droge.

«Mach dir keine Sorgen. Dein Chef wird bald ganz andere Probleme haben, wie die meisten Menschen.»

Er räusperte sich. «Weil die Welt untergeht?»

«Die Menschheit, wie du sie kennst.»

Noch immer lächelte sie. Vermutlich gehörte sie zu einer dieser lächelnden Sekten, die den Untergang der Welt relativ entspannt erwarten. Und vermutlich war sie darauf aus, vor dem Untergang noch ein paar abstruse, halb-sexuelle Praktiken an Hofstetter zu vollziehen, um dann sein Blut zu trinken und ihn ans Bett zu fesseln beziehungsweise umgekehrt.

«Was immer du vorhast, lass es sein», bat er. «Ich bin zu alt für diese Dinge und habe als Journalist auch eher schlechtes Blut.»

«Ich weiß, es klingt verrückt», erwiderte sie. «Ich kann es selber kaum glauben. Ich habe mich in dich verliebt, als ich deinen Roman *Hinter dem Zitronenbaum* las. Verliebt in deine literarische Stimme, in deine Poesie, in deinen Humor. Und in das Autorenfoto auf dem Buchumschlag.»

«Ich habe nie einen Roman geschrieben. Ich habe keine literarische Stimme, keinen Humor und keinen Zitronenbaum.»

«Ja», erklärte sie. «Du hast den Roman *noch* nicht geschrieben. Aber in wenigen Jahren wird dich das Buch berühmt machen. Im Jahr 2034 wirst du Preise gewinnen, international. Viele Menschen werden deinen Namen mit großer Literatur verbinden. Leider wird fast gleichzeitig die Menschheit aussterben.»

Inzwischen war Hofstetter aufgestanden und hatte damit begonnen, sich vom Bett zu entfernen. Rückwärts bewegte er sich zur Tür.

«Ihr kommt aus der Zukunft, nicht wahr? Dein Kollege mit der Brille hat es mir erklärt.»

«Brenner.»

«Genau der. Ihr kommt aus dem Jahr 2055.»

«2075.»

«Richtig.» Hofstetter spürte im Rücken die Tür. Gut. Er drehte sich um und griff nach der Klinke. Nichts.

«Die Tür ist verriegelt», sagte Nathalie.

«Zweifellos.»

Nathalie, immer noch auf dem Bettrand, senkte den Blick, als müsse sie sich schämen. «Ich habe Brenner gebeten, uns einzusperren. Ich wollte allein mit dir sein. Kannst du mir verzeihen?»

«Natürlich, du bist verliebt. Meine berühmte literarische Stimme. Mein Zitronenbaum.»

Nathalie erhob sich. Langsam kam sie auf Hofstetter zu, wobei ihm auffiel, wie seidig-sanft ihr kurz geschnittenes Kleid raschelte. Als sie vor ihm stand, nahm sie seine rechte Hand und führte sie an ihre linke Brust.

«Spürst du, wie mein Herz klopft? Wie aufgeregt ich bin?»

«Ja. Auch ich bin jetzt sehr aufgeregt.»

Für einen Moment war es, als würde ihn die alabasterfarbene Wärme ihres Gesichts berühren, mit dem Grün dieser Augen, in denen man versinken konnte. Doch dann sprang plötzlich – klack! – hinter ihnen die Zimmertür auf.

Ein großer, kräftig gebauter Mann betrat den Raum. Es war der Mercedes-Fahrer, der Hofstetter entführt hatte. Er brachte Essen und Trinken.

Als der Fahrer wieder gegangen war, richtete Nathalie alles her, auf einem Tisch gegenüber dem Bett: Tagliatelle al salmone, Dom Pérignon Rosé, Tiramisu.

Natürlich hätte Hofstetter – als die Zimmertür offen stand – fliehen können, hätte die größtmögliche Distanz zwischen sich, den Mercedes-Fahrer und das kurz geschnittene Rascheln von Nathalies Kleid bringen können. Doch Hofstetter flüchtete nicht, denn der Fahrer stand im Weg, und er war wirklich sehr kräftig, und er verspürte großen Hunger (Hofstetter, nicht der Fahrer).

Das Essen schmeckte gut, genau wie der Champagner. Hofstetter konnte sich nicht erinnern, wann er das letzte Mal so gut gegessen und getrunken hatte.

Wieder bemerkte er, dass Nathalie lächelte. Wobei es ihm nicht mehr so unheimlich und psychopathisch vorkam. Ja, es kam ihm – während er mit ihr anstieß – immer weniger unheimlich und psychopathisch vor.

Als sie beim Tiramisu ankamen (inzwischen hatte Nathalie eine zweite Flasche Dom Pérignon bestellt), empfand Hofstetter Entspannung. Er lehnte sich zurück und betrachtete die grüne Wärme ihrer Augen. Er fragte sich, ob es wirklich stimmte, dass sie in ihn verliebt war.

Plötzlich fiel ihm auf, dass sich ihr Gesichtsausdruck veränderte. «Ich muss dir etwas sagen.»

«Was ist?»

«Du musst es wissen. Dein Freund – er ist in Gefahr.»

«Mein Freund?»

«Der Professor. In der psychiatrischen Klinik.»

«Der Professor? Was ist mit ihm?»

«Er ist in Lebensgefahr.»

Hofstetter fand das absurd.

«Warum sollte er in Lebensgefahr sein, in der Klinik Hobelberg? Das ist die bekannteste Psychiatrie der Schweiz, einem der bekanntesten Länder für Psychiatrien und psychische Störungen.»

«Ja», erwiderte sie. «Es gibt auch im Jahr 2075 kein besseres Land für psychische Störungen.»

«Siehst du.»

«Trotzdem ist der Professor in Gefahr. Man wird ihn entführen und töten.» Nathalie machte eine dramatische Pause. «Morgen Abend. Wir müssen es verhindern. Wir müssen den Professor retten.»

«Der Professor ist wie ein Vater für mich», erklärte Hofstetter. «Er hat mich vor der *MultiPan*-Impfung gewarnt, weil er glaubt, dass sie die Männer unfruchtbar macht und alle Menschen in eine Traumwelt versetzt. Das ist Unsinn, aber er meint es gut! Er liebt die Natur, nimmt keine Drogen, bezahlt seine Rechnungen und wählt grün. Wer sollte ihn töten wollen?»

«Die *Kinder der Schlange*. Sie wollen sein Herz herausreißen und es in einem Ritual ihrer Göttin opfern.»

«Okay», erwiderte Hofstetter, «das klingt tödlich.»

«Ich weiß, dass du mir nicht glaubst. Ich würde es auch nicht glauben, käme ich nicht aus der Zukunft.»

Hofstetter fragte sie, warum diese Kinderschlangen ein so großes Interesse am Herzen des Professors haben sollten.

«Sind ihnen die Jungfrauen ausgegangen?»

Nathalie ging zum Schreibtisch gegenüber dem Badezimmer, wo ihre Handtasche lag. Sie holte zwei gefaltete, beschriebene A4-Blätter heraus und reichte sie Hofstetter.

«Du erinnerst dich an das Theaterstück, das der Professor geschrieben hat?»

Das Theaterstück? Natürlich war Hofstetter klar, wovon sie sprach. Es handelte sich um eine misslungene Komödie mit dem Titel «Der Tod ist ein Kommunist». Dieses hatte der Professor nach seiner Pensionierung verfasst. Wenn Hofstetter sich recht erinnerte, hatte er nur dieses eine Stück geschrieben und es niemandem sonst gezeigt. Wie war es möglich, dass Nathalie davon wusste?

«Wie ist es möglich», fragte er, «dass du davon weißt?»

Nathalie war auf die Frage vorbereitet. «Im Jahr 2075 haben wir die fatale Kette von Ereignissen zurückverfolgt, die zum Untergang von über sieben Milliarden Menschen führen wird», erklärte sie. «Wir haben alle Hinweise auf mögliche Ursachen des Fluchs, der auf der Menschheit lastet, untersucht. Dabei sind wir auf dieses Theaterstück gestoßen.»

«Eine misslungene Komödie führt zum Untergang der Menschheit?»

«Wir sind nicht sicher, ob es *diese* misslungene Komödie war oder eine andere misslungene Komödie.»

«Ja, das Leben ist voll davon.»

«Deswegen brauchen wir dich, Hofstetter. Wir müssen sicher sein, dass wir richtig liegen. Wir brauchen deine Hilfe, um das Theaterstück und den Professor zu identifizieren. Und um sein Herz zu retten.»

Mit einer sanften Bewegung ihres Zeigefingers tippte Nathalie auf die A4-Blätter. «Kannst du es für mich lesen?»

«Das ist nicht das Stück, das sehe ich sofort», erwiderte Hofstetter. «Alle Werke des Professors umfassen mindestens 285 Seiten exklusive Vor- und Nachwort, Erläuterungen, Werkverzeichnis.»

«Das ist lediglich eine Zusammenfassung», erklärte sie. «Das Manuskript selbst ist verschollen. Wir glauben, dass wir aus den Archiven der Zukunft die Handlung des Stücks rekonstruieren konnten, aufgrund von

Aussagen der *Kinder der Schlange* sowie einem Team aus Historikern und Untergangsforschern.»

Hofstetter gab sich geschlagen.

«Also gut, ich lese es.»

Aber vorher ließ er sich Champagner nachfüllen. Dann beugte er sich über die angebliche Zusammenfassung des Theaterstücks.

Ermutigt vom Fortschritt durch Wissenschaft und Technik arbeitet ein geheimes Elite-Team am ultimativen Plan, die Menschheit zu verbessern. Die Völker der Erde sollen ein für alle Mal erlöst werden von Dummheit, Gewalt, Wahnsinn. Ein Supercomputer wird darauf programmiert, Erfolg versprechende humanistische Optimierungs-Strategien und Szenarien durchzuspielen.

Der Computer analysiert Kulturtechniken sowie politisch-strukturelle Systemfaktoren, die zur Menschheitsverbesserung führen (Demokratie, Wissenschaft, Technologie, Transhumanismus). Der Computer kommt zum Schluss, dass es keine Hoffnung gibt. Sämtliche Errungenschaften der Aufklärung, der angewandten Vernunft und Wissenschaft werden die Menschheit gemäß Berechnungen nicht verbessern. Auch eine globale Zunahme des Wohlstands wird nicht zum Fortschritt der Menschheit führen, sondern lediglich zur globalen Zunahme der Verblödung.

Zum Schutz der Natur, des Klimas und aller von der Evolution noch vorgesehenen Lebensformen auf dem Planeten Erde empfiehlt der Computer die baldmögliche Beendigung der Menschheit.

Diese Diagnose ist für das Elite-Team unhaltbar, steht gegen alle humanistischen, kategorisch-imperativen

Überzeugungen. Man füttert den Computer mit weiteren Modellen, lässt ihn alles neu durchspielen, immer mehr Varianten und Variablen durchrechnen in Erwartung eines besseren Resultats.

Statt zu einem besseren Resultat kommt es jedoch zum Absturz des Computers. Auf dem Bildschirm erscheint ein letzter Satz: «Der Tod ist ein Kommunist.» – Was hat das zu bedeuten?

Einige im Team interpretieren es so: Der kommunistische Traum einer besseren, gerechten Gesellschaft ohne Klassenunterschiede ist mit der vorhandenen Menschheit nicht zu verwirklichen. Die Menschen werden nie gerecht sein und nie Lust verspüren, sich gleichwertig zu begegnen. Der Einzige, der alle Menschen gleich behandelt, ist der Tod. Der Tod ist der große Gleichmacher – und, in diesem Sinn, der einzig wahre Kommunist.

Ist es das, was der Computer sagen will? Das Elite-Team ist sehr betroffen und entscheidet, den Computer zu verschrotten.

Eine Person im Team ist jedoch – ohne dass die anderen davon wissen – Mitglied der «Kinder der Schlange», einer bekannten Geheimloge. Diese Loge betet die aztekische Schöpfungsgöttin Coatlicue an (Coatlicue = die mit dem Schlangenrock). Es handelt sich um die Göttin der Erde, der Fruchtbarkeit, der Sterne und der Artenvielfalt: beschützende Mutter und zugleich Rachegöttin gegen alle Feinde des Lebens.

Nun wird die Loge über das niederschmetternde Resultat des humanistischen Supercomputers informiert. Die Loge entscheidet, die Göttin Coatlicue in einem großen Ritual anzurufen. Man möchte um ein milderes Urteil für die Menschheit bitten. Die Göttin ist jedoch gleicher Meinung wie der Computer. Mit einem mächtigen Fluch sorgt sie dafür, dass die Menschen aussterben.

«Ja», bestätigte Hofstetter nach der Lektüre. «Diese Zusammenfassung ist tatsächlich eine Zusammenfassung.»

«Es umschreibt das Theaterstück, das der Professor verfasst hat?»

«Ja. Bitte reich mir doch die Champagnerflasche. Danke.»

Hofstetter trank. «Ich habe dem Professor gleich gesagt, dass das Manuskript nicht lustig ist. Ich sagte ihm, dass es vielleicht als seriöse, depressive Literatur durchgeht, als philosophische Apokalypse mit antiaufklärerischem Einschlag. Sofern sich in Zeiten von Corona ein Verlag finden würde, der seine Leser zusätzlich verstören will.»

Nathalies grüne Augen waren, während Hofstetter sprach, still auf ihn gerichtet und wurden, je stiller und je länger sie auf ihn gerichtet blieben, umso schöner.

Plötzlich flammte eine tiefe Sehnsucht in ihm auf.

«Du bist so schön!», seufzte er. «Du hast mich geküsst mit deinen Lippen! Warum hast du mich geküsst – und entführt – und gefesselt – und gefüttert?»

«Möchtest du noch einen Kuss?»

Natürlich wollte er das. Er wollte das Prickeln des Champagners in ihrem Mund schmecken, wollte *alles* an ihr schmecken und dann für immer vergessen – ja, doch, für immer –: wie sie überhaupt hier gelandet waren und die ganze Welt da draußen, all das wollte er vergessen!

«Du bist betrunken», sagte sie. «Das ist nicht Liebe.»

«Ich bin stocknüchtern.»

«Also gut», sagte sie. «Ich werde dich küssen. Ich zeige dir meine Liebe.»

Hofstetter erhob sich, leicht wankend, von seinem Platz. Er wollte zum Bett gehen, doch Nathalie meinte, dass es zuerst noch ein paar Fragen gebe, die sie klären müssten.

«Das geht schnell», erwiderte er. «Ich habe keine Freundin und keine ansteckende Krankheit. Ich gehe nicht fremd, weil ich keine Gelegenheit dazu habe. Und dann –», er überlegte. «Ich bin harmlos. Meine Körpersäfte sind total harmlos.»

«Das Manuskript des Professors», sagte Nathalie. «Ich muss wissen, was du damit gemacht hast. Wo ist es gelandet, nachdem du es gelesen hattest?»

Das blöde Manuskript! Hofstetter wusste nicht, wo es war. Er erinnerte sich, dass der Professor ihn um Hilfe gebeten hatte bei der Suche nach einem seriösen Verlag. Ja, der Professor hatte ihn gebeten, das Manuskript an den Verlagschef des Zürcher Medienhauses zu vermitteln, für das Hofstetter arbeitete.

«Der Chef deines Zeitungsverlags hat das Manuskript von dir bekommen?»

«Der Verlagschef, ja. Er hat Einfluss in der Kulturszene.»

«Wie heißt er?»

«Waldenroder. Valentin F. Waldenroder.»

Wieder das Grün ihrer Augen. Und wieder das kurz geschnittene Seidenrascheln ihres Kleides.

«Der Verlagschef hat das Manuskript bekommen. Dann hast du nichts mehr gehört?»

«Ja», erwiderte Hofstetter.

«Du weißt nicht, was nachher passiert ist?»

«Ja. Ich meine, nein.»

«Du weißt nicht, wie die *Kinder der Schlange* in den Besitz des Manuskripts gekommen sind? Wer das Ritual vorgeschlagen hat, die Entführung des Professors, die Anrufung der Göttin, um sie zu besänftigen?»

«Ja», wiederholte Hofstetter. «Ich meine, nein.»

Nathalie verstummte.

Hofstetter, etwas schwer geworden, setzte sich aufs Bett. Diese Schlangenkinder oder Kinderschlangen, musste das wirklich sein? Und diese Göttin, wie hieß sie noch gleich? Wer konnte diesen Unsinn glauben? Hatte der Professor mit seinem Stück vielleicht eine durchgeknallte Sekte dazu animiert, dem Wahnsinn freien Lauf zu lassen?

«Wird das, was im Theaterstück steht, geschehen?», fragte er. «Sind diese Fanatiker real?»

«Morgen gibt es eine Sonnenfinsternis», erwiderte Nathalie.

Ja, darüber hatte Hofstetter in der Zeitung gelesen, wenn auch nur oberflächlich; Sonnenfinsternisse interessierten ihn nicht, denn in Zürich gab es auch ohne Finsternis kaum Sonne.

Nathalie erklärte es ihm. «Die *Kinder der Schlange* werden die Sonnenfinsternis nutzen, um das Ritual durchzuführen. Sie werden den Professor entführen, um ihn der Göttin zu opfern. Deswegen sind wir gekommen. Wir sind die *Kinder des Lichts*. Wir wollen die Geschichte verändern. Wir wollen die Göttin davon überzeugen, dass die Menschheit viele gute Seiten hat und es nicht verdient, auszusterben.»

«Das wird hart», überlegte Hofstetter. «Besonders der Teil mit den vielen guten Seiten.»

«Du magst die Menschheit nicht?»

«Einzelne Exemplare, ein oder zwei Freunde. Aber die *Gattung?* Die Banker und Autoraser in Zürich könnten locker aussterben, würde niemand vermissen, kein Vogel, kein Baum.»

Nathalie setzte sich zu ihm aufs Bett. «So bist du nicht. Aus deinem preisgekrönten Zitronenbaum-Roman spricht Menschenliebe.»

Hofstetter staunte. «Ich werde mich wohl sehr verändern.»

Sie blickte ihn an, schweigend. Dann beugte sie sich vor und küsste ihn, schmiegte sich an ihn.

Rückwärts ließ er sich aufs Bett gleiten, um ganz in den Rosenduft ihrer Lippen zu sinken, in den Geschmack ihres Verlangens, das sich zitternd um seinen Körper schloss.

In alle Himmelsrichtungen breitete sich Nathalies Liebe aus, mit dem Rascheln des Kleides, das er für sie öffnen wollte, das aber aus dem Jahr 2075 stammte und über einen digitalen Reißverschluss verfügte, zu bedienen über eine besondere App.

«Warte», sagte sie und aktivierte die App.

Das Kleid öffnete sich, und sie hauchte ihm ins Ohr, dass sie sich ein Kind von ihm wünsche, dass sie für immer schwanger von ihm werden wolle oder wenigstens für neun gute Monde.

Hofstetter, der alles realisierte, dachte keine Sekunde an drohende Heiratsanträge oder Unterhaltszahlungen, wie so mancher Mann aus dem Jahr 2020 oder 1970 oder auch schon früher. Nein, Hofstetter versank weiter in ihrer Zärtlichkeit.

Ein Kind, dachte er, warum nicht? Und dann dachte er: Ein Kind, warum schon? Sodann blickte er in Nathalies Gesicht, in den Smaragdglanz ihrer Augen, und hatte keine Fragen mehr. Oder fast keine, denn eine Frage störte doch noch, ließ ihn zögern. Warum ein Kind von *ihm* und nicht von einem Mann aus Nathalies Zukunft? Bestimmt hatte sie viele Verehrer.

«Nur du kannst es sein», flüsterte sie. «Die Männer aus meiner Zeit sind unbrauchbar. Sie haben keine Lust auf Kinder und sind unfruchtbar.»

«Wie schrecklich», stöhnte er.

«Sie wollen nur Spaß. Nur langen, schamlosen Sex. Ohne Verantwortung.»

«Schweine», stöhnte er.

«Im Jahr 2075 sind Männer Egoisten und Onanisten», flüsterte sie.

«Unvorstellbar», flüsterte er.

Er hielt die Augen geschlossen. Noch nie hatte er so etwas erlebt oder geahnt, dass eine Frau wie Nathalie ein Kleid mit elektronischem Reißverschluss haben könnte. Bei Frauen hatte Hofstetter nie Glück gehabt, und eigentlich auch nicht bei Männern. Ja, nicht einmal beim Lotto-Spielen. Eine esoterische, krankhaft positive Ex-Freundin und ein alkoholisierter One-Night-Stand während einer Bundesratswahl in Bern: Das waren sie gewesen, die Höhepunkte der letzten Jahre, als Journalist der unteren Kaderstufe.

Eigentlich war es ihm nie widerfahren, dass Frauen sich aktiv für ihn interessiert und versucht hätten, ihn zu verführen. Im Gegenteil hatte er sich daran gewöhnt, Frauen nur aus der Ferne zu bewundern, besonders schöne Frauen, und ganz besonders schöne Frauen im Doppelbett eines schönen Hotels, das viel zu schön war, um wahr zu sein.

Und ja, es war dieser schreckliche Gedanke, der ihn plötzlich packte. Der Gedanke, dass er hier mit Nathalie gerade etwas erlebte, das er gar nicht wirklich erlebte. Hofstetter musste an den Professor denken. Er musste an das denken, was er ihm in der Klinik Hobelberg gesagt hatte. Er hatte ihm gesagt, dass er sich auf keinen Fall mit *MultiPan* impfen lassen dürfe, weil er sonst in eine Traumwelt abgleiten werde. Er hatte gesagt, der Impfstoff werde «biochemische Illusionen» im Gehirn auslösen. Illusionen, die Hofstetter das Gefühl geben würden, Interessantes und Erregendes zu erleben. In Wahrheit aber werde er sich alles nur einbilden.

4

«O Gott», flüsterte Hofstetter.

Mit ihrer Frühlingswärme presste sich Nathalie an ihn, küsste ihn hinauf und hinunter, quer durch die Laken – bis er sich aufrichtete.

«Nein, das ist eine Illusion!»

Nathalie verstand nicht. «Küsse ich schlecht?»

«Du bist zu schön, um wahr zu sein.»

Ihre Augen glänzten. «Wirklich? Das sagst du doch nur so.»

«Es muss ein Traum sein.»

«Ich bin deine Traumfrau?» Sie warf sich auf ihn. «Bitte nimm mich jetzt. Liebe mich so fest wie kein Mann zuvor!»

«Oh Mann, es *ist* ein Traum! Eine biochemische Illusion des Gehirns.»

«Alles», seufzte sie, «alles, was du willst!»

Niemals würde eine Frau das zu mir sagen, dachte Hofstetter. Eine Midlife-Crisis-Fantasie, ausgelöst von der Impfung. Ich muss aufwachen.

In diesem Moment – kaum hatte er das Wort «aufwachen» gedacht – ertönte bei der Hotelzimmertür ein Krach. So laut, als würde jemand von der anderen Seite dagegenschlagen, mit einem Gegenstand. Auf dem weiß lackierten Holz erschienen Risse, nussbraun, spinnwebenförmig. Splitter flogen durch die Luft, bevor die Tür einbrach.

Es stürmte ein Mann in den Raum, schwarze Kleidung, etwas untersetzt, mit umgehängter Maschinenpistole.

«Ich wusste es!», schrie er.

Nackt sprang Nathalie vom Bett, oder nein, nicht nackt; sie trug noch ihr lachsfarbenes Höschen.

«Bitte erschieße ihn nicht», sagte sie. «Er kann nichts dafür.»

«Ja», bestätigte Hofstetter. «Erschießen ist keine Lösung.»

«Ich *wusste* es!», wiederholte der Mann.

Offenbar handelte es sich um Nathalies Lebenspartner. Der Mann, mit dem Nathalie in der Zukunft zusammenlebte und mit dem sie – für diese Mission – in die Vergangenheit gereist war, um die Menschheit zu retten. So zumindest erfasste es Hofstetter, während die beiden miteinander stritten. Der Freund warf ihr vor, fremdgehen zu wollen, die Reise in die Vergangenheit nur als Gelegenheit zu nutzen, um mit ihrem «Lieblingsschriftsteller» ins Bett zu hüpfen. Nathalie wiederum warf ihrem Freund vor, die Reise in die Vergangenheit nicht wegen der Mission angetreten zu haben (um die Menschheit zu retten), sondern wegen seiner krankhaften Eifersucht.

«Krankhaft?!», rief der Freund und richtete die Maschinenpistole auf Hofstetter. «Meine Eifersucht ist vollkommen berechtigt. Du hast dein lachsfarbenes Höschen an. Du wolltest ihn verführen.»

«Also nein», warf Hofstetter ein. «Ich habe das Höschen gar nicht bemerkt.»

«Halt die Klappe!»

«Bitte», erwiderte Hofstetter. «Ich verstehe Sie, aber es ist wirklich nichts passiert, keine Körpersäfte wurden ausgetauscht.»

«Keine?»

«Nicht die geringsten.»

«Siehst du», sagte der Freund zu Nathalie. «Er weiß, was du von ihm willst: *Körpersäfte!* Er muss sterben.»

«Das ist wirklich nicht nötig.» Hofstetter erblasste. «Ich werde für Ihre Freundin auch so ganz tot sein, versprochen.»

Nathalie versuchte zu vermitteln. «Hör zu, wir brauchen ihn. Für die Mission, für den Professor, für das Ritual morgen. Die Sonnenfinsternis.»

«Ja», sagte Hofstetter. «Denken Sie an die Sonnenfinsternis, an das Ritual. Denken Sie auf keinen Fall an das Höschen, an die Körpersäfte. Nur an das Ritual.»

«Brenner wird dich bestrafen, wenn du ihn tötest», sagte Nathalie.

Das schien den Eifersüchtigen nachdenklich zu stimmen.

«Brenner», sagte er und schüttelte seine Maschinenpistole. «Verdammt! Aber *nach* der Mission gehört er mir.»

«Einverstanden», erwiderte Nathalie.

«Moment», sagte Hofstetter.

«Ich werde seine Eier abschneiden und ihn erschießen, in dieser Reihenfolge», erklärte der Eifersüchtige.

«Einverstanden», wiederholte Nathalie.

«Moment», wiederholte Hofstetter.

Inzwischen war er wieder vollauf nüchtern. Er spürte das Herz klopfen, ja rasen, fast ein wenig wie damals, an dem Abend, als er eine Panikattacke erlebt hatte auf der Straße, nachdem ein Zürcher Autoraser ihm über den Fuß gefahren war. Oder an dem anderen Abend, als er sich nach einer zähflüssigen Verabredung (Dating-Plattform) im Restaurant eine Lebensmittelvergiftung zugezogen hatte, inklusive eruptive Phasen des Erbrechens über der Toilettenschüssel.

«Bitte», sagte Hofstetter.

Weiter kam er nicht, denn plötzlich stürzte Brenner, der Anführer der Gruppe, in den Raum.

«Schnell weg!», rief er. «Sie haben uns entdeckt!»

Blitzschnell war Nathalie in ihr Kleid geschlüpft.

«Vonneguts Leute?»

Als Antwort entsicherte Brenner seine Waffe, ebenfalls eine Maschinenpistole. Er drängte alle nach draußen: Nathalie, Hofstetter und den Eifersüchtigen. Zu viert huschten sie den Korridor des Hotels entlang.

Sie trafen auf das andere Mitglied im Team, den kräftigen Mercedes-Fahrer, und huschten weiter: eine Treppe hinab, eine andere hinauf, die nächste wieder hinab und weiter durch einen Korridor zu einer weiteren Treppe, die in die Tiefgarage führte.

Hofstetters Herz schickte heiße Hammerschläge durch seinen Kopf. Wobei er an die vielen ermäßigten Fitness-Abo-Angebote der letzten Jahre dachte, die er abgelehnt hatte.

«Achtung!», rief Brenner.

Doch schon wurde auf sie geschossen. Kugeln heulten durch die Luft, jagten hinter ihnen die Treppe hinab, schlugen Funken ins Geländer – rattataa! –, ließen Glastüren explodieren, einen Feuerlöscher an der Wand loszischen, zu Boden fallen – alles bestimmt sehr kostspielig.

«Vonnegut!»

Sie waren unten an der Treppe angekommen, hinter ihnen die zerschossene Glastür zur Tiefgarage. Brenner erwiderte das Feuer, indem er die Maschinenpistole hochriss, nach oben in Richtung Treppenabsatz, wo Vonnegut stand, sofern dieser Mann – Bart, breite Schultern – Vonnegut war.

Während Brenner feuerte, flüchteten die anderen in die Tiefgarage. Der Fahrer hastete an den geparkten Autos vorbei zum Mercedes am anderen Ende des Decks. Und Nathalie drängte Hofstetter hinter einen Zementpfeiler, wo sie vor den Kugeln geschützt waren. Währenddessen blieb ihr Freund bei der Glastür, um auf Brenner zu warten.

Als dieser kam, bewegten sich die beiden Kämpfer rückwärts in Richtung der geparkten Autos, die Augen auf die Glastür gerichtet. Sobald sich dort die Verfolger zeigten, begannen sie zu feuern – RATTATAA! –, wobei es sich diesmal, in der abgeschlossenen Stille des Parkhauses, sehr laut anhörte, wie Donner.

«Scheiße!», rief Hofstetter.

Zusammengekauert hinter dem Pfeiler hielt er sich die Ohren zu, umgeben vom Höllengeknatter, vom Losheulen einer Autoalarmanlage, vom Bersten einer Frontscheibe, vom Rumpeln getroffener Karosserien.

«Was für ein Lärm!», fluchte er. «Gibt es im Jahr 2075 keine Laserwaffen?»

«Doch», erwiderte Nathalie. «Sie gehen aber nicht durch die Zeitmaschine.»

«Was?!»

«Ein technisches Problem.»

Hofstetter zitterte.

«Ich kann unseren Fahrer sehen!», rief Nathalie. «Er kommt mit dem Auto!»

«Und dein Freund?», fragte Hofstetter. «Er will mich töten, und du bist damit einverstanden!»

Sie umklammerte seine Hand. «Das war nicht ernst gemeint. Ich liebe dich doch.»

«Was?»

«Du liebst mich auch, du wirst sehen. Wir werden heiraten, und du machst mir ein paar Kinder.»

Einschlag einer Kugel, direkt über Hofstetters Kopf, in den Zement des Pfeilers. Die Kugel wurde abgelenkt, nach oben in die Decke, in eine platzende, herunterregnende Neonröhre.

Dann endlich kam die Mercedes-Limousine. Sie sprangen aus ihrem Versteck und retteten sich auf den Rücksitz. Der Fahrer setzte zurück – quietschende Reifen –, und sie flogen davon, direkt auf Vonneguts Team zu. Soviel Hofstetter sehen konnte, wurden zwei der Männer angefahren, die anderen retteten sich auf die Seite.

«Los!»

Brenner und Nathalies Freund kamen jetzt ebenfalls auf den Mercedes zugerannt. Als sie die Türen aufrissen und in den Wagen hechteten, gab der Fahrer so schnell Gas, dass Hofstetter mit dem Kopf gegen das Seitenfenster schlug.

Irgendwann bemerkte er neben sich auf dem Rücksitz Nathalies Gesicht, unruhig im hereinflackernden, vorbeigleitenden Tageslicht. Sie fuhren draußen auf einer Straße, vorbei an Häuserzeilen, die Hofstetter bekannt vorkamen. Ja, sie fuhren in Richtung der Altstadt. Ab und zu bremsten sie an einer Kreuzung, standen still, dann ging es weiter.

Idiot, dachte Hofstetter, du musst abhauen.

Ja, bei der nächsten Kreuzung musste er es versuchen. Hofstetter wartete. Die nächste Kreuzung – da war sie! Geduld, nur noch ein paar Sekunden.

Wieder bremste der Fahrer, wieder standen sie still, und Hofstetter wagte es. Er schnellte nach vorne, zur Tür auf seiner Seite, die er aufriss. Er stürmte ins Freie und rannte über die Straße, so schnell wie noch nie in seinem Leben. Geschrei hinter ihm, Reifengequietsche.

Er rannte weiter über den Gehsteig und bog bei der ersten Gelegenheit nach rechts – in eine Pflastersteingasse. Er rannte, ohne zu wissen, wie schnell sie ihm folgten, ob sie versuchten zu schießen. Mit rasendem Herzen rannte er und nahm sich vor, nie mehr ein Fitness-Abo-Angebot abzulehnen.

Zwei Mal stieß er gegen andere Gassenbesucher, wobei diese nicht weiter reagierten, da es in Zürich etliche gestresste Angestellte aus dem mittleren Kader gibt, die Leute anrempeln.

Am Ende des Gassengewirrs erreichte Hofstetter wieder eine Verkehrsstraße und eilte zum Verlagshaus seines Arbeitgebers. Es war zum Glück nicht weit entfernt.

Im Haus begab er sich in den dritten Stock, in die Räumlichkeiten der Redaktion, um den Kollegen alles zu erzählen, die Polizei rufen zu lassen und die Verrückten anzuzeigen.

Das Großraumbüro wirkte ruhig, niemand saß an den Tischen, wie an einem Samstagnachmittag, wenn keine Sonntagsausgabe geplant war, oder an einem Sonntagmorgen. Und vielleicht *war* es Wochenende; Hofstetter konnte nicht sagen, wie lange man ihn gefangen gehalten hatte und, noch schlimmer, wie lange sein Smartphone schon verschwunden war.

«Hallo?», rief er.

Niemand reagierte, jedenfalls nicht sofort. Erst nach einigen Sekunden erschien – vor dem kleinen, separierten Büro des Ressortleiters für Wirtschaft – ein Mann. Es war aber nicht der Ressortleiter. Nein, es war der Verlagschef. Es war Valentin F. Waldenroder.

Hofstetter stockte der Atem. Nicht nur, weil er so lange gerannt war, sondern weil Waldenroder der mächtigste Mann im Verlag war, und weil dieser Mann nie in die tagesaktuellen Niederungen des Großraumbüros hinabstieg, besonders nicht in die Niederungen des Ressorts Wirtschaft (allenfalls ins Ressort Feuilleton).

«Mein lieber Herr Hofstetter», sagte Waldenroder.

Unglaublich, dachte Hofstetter, er kennt meinen Namen.

«Unglaublich», sagte er. «Sie kennen meinen Namen.»

Langsam kam Waldenroder auf ihn zu, im dreiteiligen Anzug mit blauem Hemd und kardinalsroter Krawatte, wie an der letzten Aktionärsversammlung, über die Hofstetter hatte berichten müssen.

«Ich habe gehofft, Sie hier zu treffen, Herr Hofstetter.»

«Sie haben es gehofft?»

«Natürlich. Nach dem großartigen Manuskript, das Sie mir vor einiger Zeit gegeben haben, dem Manuskript Ihres Freundes, des Professors.»

Hofstetter begriff.

«Ja, gut. Herr Waldenroder, es ist jetzt ein ungünstiger Zeitpunkt für Literatur. Ich wurde nämlich entführt.»

«Nein.»

«Doch! Man hat mich gefesselt, geküsst, gefüttert, wieder geküsst und verführt, in einem Doppelbett mit Dom Pérignon.»

«Ich frage mich, wieso.»

«Diese Frau wollte ein Kind von mir.»

«Ist das wahr?» Waldenroder blieb vor Hofstetter stehen. Er roch nach Rasierwasser. «Und diese Leute, die Sie entführt haben, wer waren sie?»

«Fanatiker», erwiderte Hofstetter. «Schizophrene mit Wahnvorstellung. Wir müssen die Polizei rufen. Mein Smartphone ist weg, wahrscheinlich gestohlen. Die Verrückten haben es auf den Professor abgesehen.»

«Wahnvorstellungen?» Der Chef lächelte.

«Die glauben an Naturgötter», erklärte Hofstetter. «Kommen angeblich aus der Zukunft, wollen die Menschheit retten.»

«Wieso sollten sie das tun?»

«Damit die Menschheit weiterlebt.»

«Ist nicht wahr.»

«Doch! Die glauben an den Untergang unserer Gattung.»

«Aha.»

«Die haben Maschinengewehre!»

«Keine Laserwaffen? Immerhin kommen sie aus der Zukunft.»

«Nein, Laserwaffen gehen nicht durch die Zeitmaschine.»

Darüber schien Waldenroder nachdenken zu müssen.

«Scheint eine schlecht ausgerüstete Truppe zu sein. Ziemlich dilettantisch, nicht wahr?»

«Das ist jetzt unwichtig, Herr Waldenroder. Wir müssen die Polizei rufen.»

«Polizei?»

Jetzt spürte Hofstetter, wie ihn jemand von hinten packte – und wie etwas in seinen Arm gestochen wurde.

Eine Nadel?

«Machen Sie sich keine Sorgen, Herr Hofstetter. Das wird Sie beruhigen. Wir bringen Sie an einen sicheren Ort.»

5

Als Hofstetter wieder zu sich kam, lag er abermals in einem Bett, wenn auch diesmal in einem einfachen, kleinen Zimmer. Was ihn nicht störte, denn er fühlte sich – gut. Ja. Sein Körper fühlte sich irgendwie weich an. Weich und kuschelig.

Dieses Wort, kuschelig, brachte Hofstetter zum Schmunzeln, weil es doch in keiner Weise zu seinem Körper passte, kuschelig zu sein. Es passte nicht einmal zum alten Sofa im Fernsehzimmer, das er schon lange ersetzen wollte.

Leider wurde Hofstetter aus seiner Wohligkeit aufgeschreckt, als zwei Männer den Raum betraten. Sie hatten den wortkargen Charme von Gorillas und drängten ihn nach draußen, durch einen dunklen Korridor. Sie brachten ihn in einen neuen Raum, der aussah wie ein Sitzungszimmer, in der Mitte ein mahagonifarbener Tisch.

Hinter dem Tisch saßen zwei Männer. Einer davon war Waldenroder, der Verlagschef. Dieser schickte die Gorillas raus, vor die Tür. Dann bat er Hofstetter, auf dem Stuhl vor dem Tisch Platz zu nehmen, ein wenig wie bei einem Vorstellungsgespräch.

«Mein lieber Hofstetter», begann Waldenroder. «Wir haben Ihnen etwas gegeben, damit Sie sich entspannen.»

«Danke.» Hofstetter spürte eine große Ruhe. «Ich kann Ihnen gar nicht sagen, wie entspannend es ist, so entspannt zu sein.»

«Sie haben auch ein Wahrheitsserum bekommen.»

«Habe ich?»

«Es sollte rund eine Stunde lang wirken.» Waldenroder faltete die Hände über dem Tisch. «Wir wollen doch nicht, dass Sie lügen, nicht wahr?»

«Auf keinen Fall, wir sind Journalisten.»

«Und Sie werden uns die Wahrheit sagen.»

Hofstetter blickte die beiden Männer an. «Sie sind so freundlich, meine Herren. Ich sehe, wenn ich sie sehe, führungserfahrene, reife Gesichter der Macht und Intransparenz. Bitte fragen Sie, was immer Sie auf dem Herzen haben.»

Der Mann neben Waldenroder hatte einen brennenden Blick, die Stimme klang streng. «Erzählen Sie, was bisher geschehen ist.»

«Ja», bestätigte Waldenroder freundlich. «Erzählen Sie bitte, wie es zu Ihrer Entführung kam.»

Hofstetter erzählte alles: der Besuch in der Klinik Hobelberg. Die Entführung mit dem Mercedes. Die Begegnung mit Brenner und den Verrückten aus der Zukunft. Das Hotel mit Nathalie im lachsfarbenen Höschen. Die misslungene Komödie des Professors. Der eifersüchtige Freund mit dem Maschinengewehr. Die Schießerei in der Tiefgarage. Die Flucht in den Zeitungsverlag.

«Das ist alles?», fragte der Mann mit dem brennenden Blick.

Hofstetter war ehrlich. «Mehr wäre wirklich zu viel gewesen.»

«Und die Frau, diese Nathalie?»

«Ich hätte sie gern geschwängert.»

«Wie?»

«Auch gerne mehrmals.»

«Herr Hofstetter, das interessiert nicht. Wissen Sie, wo sich die Frau aufhält? Wo ihre Freunde sich verstecken?»

Hofstetter überlegte.

«Noch nie», sagte er, «habe ich einen so warmen, kuscheligen Körper gehabt.»

«Versuchen Sie sich zu konzentrieren, Herr Hofstetter. Sie haben keine Ahnung, wo sich Ihre Entführer aufhalten?»

«Ich habe nicht den blassesten – wie sagt man?»

«Schimmer.»

«Genau.»

«Sie wissen nicht, wo man Sie gefangen gehalten hat?»

«Das lachsfarbene Höschen. Ich hätte gern daran geschnuppert.»

Der Mann mit dem brennenden Blick erhob die Stimme. «Weiß Ihr Freund, der Professor, wo die Leute sich verstecken? Kann er uns sagen, wann sie zuschlagen wollen?»

«Kommen Sie», erwiderte Hofstetter. «Befreien Sie sich von Ihrer Anspannung. Ich spüre, wie Sie leiden. Lassen Sie los, und Sie werden Ihre Seele lieben, die nur darauf wartet, frei zu sein.»

«Was?»

«Ich bin sehr sensibel, wissen Sie. Ich halte es nur versteckt. In der Redaktion darf man keine Schwäche zeigen. Ein anstrengender Ort voller Koffein und Kokain. Auch Sie sind gestresst, mein Herr – aber unter dem Stress sensibel, ich kann es fühlen.»

«Unter dem Stress?»

«Stehen Sie dazu. Seien Sie dankbar und suchen Sie nach einer guten, fruchtbaren Liebe. Das macht alles lebendiger und schöner, kuschelig, nicht wahr?»

«Es ist das Serum», sagte Waldenroders Stimme. «Geben wir ihm ein paar Minuten.»

Die Männer gaben Hofstetter ein paar Minuten, saßen still am Tisch. Dann wiederholten sie ihre Fragen, und Hofstetter wiederholte seinen Bericht von der Entführung.

«Das ist die *ganze* Wahrheit, Herr Hofstetter?»

«So ganz wie noch nie.»

«Haben Sie nichts ausgelassen?»

«Zugegeben», erwiderte Hofstetter, «da sind noch andere Dinge.»

«Andere Dinge?»

«Es ist wahr, mein Körper ist kuschelig, ich fühle eine warme Heimat in meinen Organen.» Hofstetter lächelte. «Zugleich ist es traurig. Eine schöne, tiefe Traurigkeit. Wie das Echo einer unstillbaren Sehnsucht, verstehen Sie?»

Schweigen am Mahagonitisch.

«Je wärmer das Herz, desto tiefer die Verbindung zum Dasein, desto trauriger der Blick auf den Alltag, dem man sonst folgt, verstehen Sie? Die leere Routine zwischen Kaffee, Computer und dem verbrauchten Sofa im Fernsehzimmer. Das Leben als Journalist: voller Buchstaben, Headlines, Deadlines. Die Zeitung voll, das Herz leer. Keine Kinder. Keine Liebe. Nur Kondome, die nicht zum Einsatz kommen. Meine Herren, die postmoderne Seele ist ein kalter, gebrochener Spiegel.»

«Können wir ihn nicht einfach erschießen?», fragte eine Stimme am Tisch.

Hofstetter insistierte. «Geben Sie es zu! Das Leben, das wir führen, ist falsch. Alle wissen es, und alle schweigen, aus Angst, ausgestoßen zu werden. Dabei ist es das Einzige, das uns verbinden würde, in der Tiefe. Die Tatsache, dass wir enttäuscht sind, im Letzten einsam. Auch wenn wir mit der Routine weitermachen und versuchen, das falsche Leben richtig zu leben.» Sanft nickte Hofstetter über den Tisch. «Ich kann es sehen, meine Herren. Ich sehe Ihre führungserfahrenen Gesichter der Macht und Intransparenz und weiß, dass auch in Ihnen die Sehnsucht brennt. Die Sehnsucht, die kein vergängliches Wesen stillen kann, keine Blume, keine Jahreszeit. Nur Gott, den es aber leider nicht gibt. Oder gibt es ihn doch?»

«Wir bitten Sie, Herr Hofstetter», sagte Waldenroders Stimme. «Beruhigen Sie sich. Konzentrieren Sie sich auf Ihre Entführung. Konzentrieren Sie sich auf die letzten vierundzwanzig Stunden, auf mögliche Aufenthaltsorte.»

Hofstetter lehnte sich zurück. «Sie wollen nicht über die Liebe und das Leben sprechen, ich verstehe. Auch ich hatte Angst davor. Weil es so tief geht, nicht wahr?»

«Ihre Entführer, Herr Hofstetter, denken Sie nach. Wo könnten sie sein? Selbst der kleinste Hinweis kann helfen.»

Hofstetter wurde misstrauisch. «Warum sind Sie eigentlich so darauf versessen? Es war doch meine Entführung, nicht Ihre.»

«Wir müssen Brenner und sein Team finden, noch heute.»

«Wieso?»

Jetzt erhob sich Valentin F. Waldenroder von seinem Platz. Er kam, mit dem ganzen Gewicht seiner Autorität, um den Tisch herum, im dunklen Anzug mit der kardinalsroten Krawatte.

«Was ist das für ein Rasierwasser?» Hofstetter schloss die Augen. «Es ist männlich und zugleich – vornehm, frisch.»

Waldenroder blieb vor Hofstetter stehen, bis dieser seine Augen wieder öffnete. Dann bedeutete er ihm, sich zu erheben. Hofstetter gehorchte und folgte dem Verlagschef zum Panoramafenster gegenüber dem Konferenztisch.

«Sehen Sie nach draußen, Herr Hofstetter. Betrachten Sie das Panorama unserer Stadt. Betrachten Sie die Straßen, die Häuser, die Menschen.»

«Wunderbare Aussicht. In meinem Büro ist das Fenster klein und verschmutzt. Es zeigt nur den Hinterhof.»

«Sehr schön», erwiderte Waldenroder. «Für alle diese Menschen dort draußen in der Stadt, für alle Menschen in Ihrem Büro mit dem kleinen Fenster, überhaupt für *alle* Menschen sorgen wir uns – verstehen Sie?»

«Sie wollen, dass es uns gut geht. Dass es allen Menschen gut geht.»

«So ist es. Es geht um die Zukunft der Menschheit, nicht wahr?»

«Wenn Sie es sagen.»

Neben ihm am Fenster stehend, legte Waldenroder einen Arm um Hofstetter. «Haben Sie schon von der *Bruderschaft der Schlange* gehört, junger Mann?»

«Nein, aber von den Kinderschlangen.»

«Herr Hofstetter», fuhr Waldenroder fort. «Ich verrate Ihnen ein Geheimnis. Ich bin Meister der Loge, hier in Zürich.»

«Meister der Loge?»

«Eine Geheimgesellschaft», erklärte Waldenroder. «Die *Bruderschaft der Schlange* existiert seit Jahrtausenden, auf der ganzen Welt. Die älteste Geheimgesellschaft der Geschichte. Große Teile unseres atlantischen Geheimwissens überlebten die Wechselfälle der Zeit in den Händen von Bruderschaften in Ägypten, Indien und Tibet. In der Neuzeit entwickelten sich daraus die Freimaurer, die Templer, die Illuminati.»

«Donnerwetter.»

«Unsere Weisheit stammt aus Atlantis und wurde erleuchtet von der altorientalischen Gnosis, von Rom, Athen, von der aztekischen Götterwelt.»

«Nicht übel.»

Waldenroder schien ein wenig entrückt. «Eine ehrwürdige Tradition, in der Tat. Auch wenn sich die Bruderschaft in den letzten Jahrzehnten natürlich verändert hat, sich modernisieren musste. Ich persönlich sorgte dafür, dass wir mehr Frauen in der Loge haben, dass wir uns nicht mehr *Bruderschaft* nennen, sondern *Kinder der Schlange*, um keinerlei Geschlechtsidentitäten zu diskriminieren.»

«Damit niemand denkt, Ihre Loge bestehe nur aus weißen, alten, wohlhabenden Männern mit Havanna-Zigarre», mutmaßte Hofstetter.

Waldenroder nickte. «Viele von uns setzen sich heute für vegane Logen-Mahlzeiten ein, für Klimaschutz und Diversity. Es ist wunderbar.»

«Wunderbar.»

«Wäre da nicht diese Dunkelheit am Horizont, Herr Hofstetter. Die Dunkelheit, die sich schnell ausbreitet und auf die Menschheit zukommt.»

Hofstetter blickte durchs Panoramafenster nach draußen, in den Himmel über Zürich, konnte aber nirgends eine Dunkelheit erkennen. «Der Himmel ist blau, Herr Waldenroder, die Wolken zartrosa.»

«Die Dunkelheit kommt, vertrauen Sie mir. Bald wird die Menschheit, wie wir sie kennen, aufhören zu existieren. Auf uns liegt ein Fluch. Die Menschheit lässt sich nicht verbessern, bleibt immer gleich dumpf und gewalttätig, soviel Weisheit uns hier in der Loge auch geschenkt wird. Geschenkt von Atlantis, von der altorientalischen Gnosis und der aztekischen Götterwelt.»

«Und von Athen. Und Rom.»

«So ist es, mein Freund. *Viel* Weisheit hat unsere Geheimgesellschaft gesammelt im Laufe der Epochen, doch hat es wenig verändert! Das Schicksal der Menschheit ist besiegelt. Sie wird verschwinden, genau wie das Manuskript Ihres Freundes, des Professors, es vorausgesehen hat.»

«Die misslungene Komödie?»

«Eine Prophezeiung, Herr Hofstetter. Der Professor ist ein Erleuchteter. In den heiligen aztekischen Schriften heißt es, am Ende der Zeit werde ein Erleuchteter im Irrenhaus die Wahrheit sehen, denn am Ende der Zeit werde es nur noch im Irrenhaus möglich sein, die Wahrheit zu sehen.»

«Verstehe.»

«Es heißt, niemand werde dem internierten Erleuchteten glauben, nur die Weisen, welche die Göttin Coatlicue anbeten.»

«Und Sie beten die Göttin an?»

«Alle *Kinder der Schlange* tun das. Sie ist die Mutter der Erde, der Fruchtbarkeit, der Sterne und der Artenvielfalt.»

«Und die Rachegöttin gegen alle Feinde des Lebens», ergänzte eine Stimme hinter ihnen.

Es war der Mann mit dem brennenden Blick.

«Mein lieber Herr Hofstetter», fuhr Waldenroder fort, «verstehen Sie nun, wie wichtig unsere Fragen sind? Verstehen Sie, in welch dramatischer Lage wir uns befinden?»

«Es dämmert mir.»

Inzwischen hatte sich der Mann mit dem brennenden Blick ebenfalls von seinem Platz erhoben. Er stellte sich neben Hofstetter vor das Panoramafenster.

«Sagen Sie uns, wo Brenner und seine Leute sind.»

Hofstetter zögerte. «Wer sind Sie eigentlich?»

«Vonnegut.»

«Vonnegut? Nathalie hat von Ihnen gesprochen. Moment mal! Sie waren in der Tiefgarage dabei, mit den Maschinenpistolen. Es war sehr laut.»

«Ja. Laserwaffen gehen nicht durch die Zeitmaschine. Ich verfolge Brenner und seine Leute seit der Reise aus dem Jahr 2075. Brenner und seine Leute, Herr Hofstetter, sind die *Kinder des Lichts*. Sie wollen das Ritual verhindern. Wir hingegen sind die *Kinder der Schlange* und wollen verhindern, dass das Ritual verhindert wird.»

«Sie kommen *auch* aus der Zukunft?»

«Lassen Sie sich nicht von zu vielen Informationen und dramaturgischen Nebensträngen verwirren», erwiderte Vonnegut. «Das bringt am Ende immer mehr

Fragen als Antworten. Konzentrieren Sie sich auf das Wesentliche. Das Wesentliche ist: Wir müssen Brenners Leute finden, bevor es zu spät ist.»

«Sie wollen Nathalie und die anderen – neutralisieren?»

«So ist es.»

«Und warum schon wieder?»

«Weil sie hierher in die Vergangenheit gekommen sind, um die Geschichte zu verändern. Sie wollen das Ritual verhindern.»

«Und Sie? Sie wollen sie daran hindern, das Ritual zu verhindern?» Hofstetter kratzte sich am Kopf. «Sie sind ihnen durch die Zeit gefolgt, um sicherzustellen, dass das Ritual stattfindet?»

«Morgen Abend, während der Sonnenfinsternis, Herr Hofstetter. Das Ritual wird zum Untergang der Menschheit führen. Genauer gesagt zum Untergang der Menschheit außerhalb unserer Loge. *Uns* wird die Göttin verschonen, wenn wir ihr das richtige Herz schenken.»

«Wie? Daran *glaubt* ihr? Das ist hart. Gibt es hier keinen Champagner oder Schnaps?»

Keine Antwort.

«Ihr wollt ein Herz opfern? Das Herz meines Freundes, des Professors?»

In Waldenroders Augen zeigte sich ein väterlich-mitfühlender Glanz. «Uns ist bewusst, dass es schwer für Sie ist. Dennoch hoffen wir, dass Sie verstehen: Nur ein wahres, treues Herz kann die Göttin besänftigen. Und nur wenn die Göttin besänftigt ist, wird sie nicht alle Menschen untergehen lassen, sondern unsere Loge verschonen.»

«Herr Waldenroder», erwiderte Hofstetter. «Sie sind doch auch ganz treu und wahr. Warum nicht *Ihr* Herz opfern?»

Der Verlagschef lächelte. «Ich bin ein Sünder, mein Freund, auch wenn man das von außen nicht sieht. Machthunger, globale Finanzintrigen, rituelle Orgien in geheimen, schlecht geheizten Burgen. Die Liste ist lang, die Zeit knapp, Herr Hofstetter. Sagen wir einfach: Das Herz des Professors ist das, was die Göttin am meisten lieben wird, denn der Professor denkt genau wie die Göttin und ist frei von Machenschaften.»

«Und Orgien im Schloss.»

«Ganz frei.»

«Keine Finanzintrigen, um die Orgien zu finanzieren.»

«Keine.»

Hofstetter zögerte. «Ich weiß nicht, Herr Waldenroder.»

«Sie wissen nicht?»

«Für uns Angestellte in der Redaktion waren Sie stets ein Vorbild, Herr Waldenroder. Der oberste Chef. Erfolgreich, gut gekleidet, rücksichtslos. Stets haben wir uns auf Ihre Geldgier verlassen. Auf Ihre Ruhmsucht, die als Nebeneffekt unsere Arbeitsplätze sicherte.»

«Natürlich», nickte Waldenroder.

«Und nun das. Eine aztekische Göttin, Zeitmaschinen, Maschinenpistolen, psychisch gestörte Rituale. Das wird viel Geld kosten und keinerlei Gewinn abwerfen, die Aktionäre verärgern, vermutlich den Verlag ruinieren.

Wieder nickte der Chef.

«Es *muss* leider sein», meinte er. «Morgen Abend wird es geschehen. Im Logen-Tempel unter der Münsterplatzkirche, Sie werden begeistert sein! Wir werden die Göttin um Erbarmen für die Sünden der Menschheit bitten. Wir werden sie darum bitten, uns nach dem Untergang der alten Zivilisationen junge Frauen zu schenken, damit wir die Erde neu bevölkern können.»

«Dieser Teil klingt gut.»

«Nicht wahr?»

Trotzdem zögerte Hofstetter. «Sie wollen beim Ritual das Herz meines Freundes *herausreißen?*»

Waldenroder antwortete nicht, und für einen Moment, vor dem Panoramafenster stehend, wurde Hofstetter melancholisch. Er dachte an Nathalie, an ihr Lächeln, an ihre Augen, an die Wärme ihrer Hingabe, die er – das wurde ihm erst jetzt klar – bei einer Frau noch gar nie erlebt hatte. Diese Frau, Nathalie, wollte einen Mann wie ihn, Hofstetter!

«Herr Waldenroder», sagte er. «Ich muss Sie jetzt verlassen. Ich realisiere gerade, dass ich geliebt werde. Eine Liebe, die alle Erwartungen sprengt.»

«Wie?»

«Die leere Routine meiner Enttäuschungen hat mich unempfänglich gemacht. Die Ernüchterung des Lebens, die emotionale Austrocknung, genau wie im Buch des Arztes aus der Hobelberg-Klinik beschrieben.»

Waldenroder hob seine rechte Augenbraue: «*Ein kolossaler Betrug*? Der Verlag hat dieses Buch unserem Feuilleton zugestellt, mehrmals. Ich finde das Werk, ehrlich gesagt, etwas plump.»

Hofstetter, ohne hinzuhören, griff nach der Hand des Chefs, um sie zu schütteln. «Auf Nimmerwiedersehen, Herr Waldenroder. War schön, mit Ihnen den Untergang der Menschheit zu besprechen.»

6

Bevor Hofstetter gehen konnte, öffnete sich die Tür, und die beiden Gorillas, die ihn hergebracht hatten, betraten den Raum. Waldenroder gab ihnen einen Befehl (fremde, altorientalische Sprache), und die Gorillas nickten.

Sie führten Hofstetter ab. Sie brachten ihn zu einem Lift, fuhren mit ihm ins Erdgeschoss. Dort wartete ein dritter Gorilla, der sie schweigend nach draußen begleitete, in einen Innenhof, in dem ein Minibus stand.

«Stopp», sagte der dritte Gorilla.

Alle blieben stehen.

«Was ist los?», fragte der erste Gorilla.

«Ja», sagte der zweite Gorilla. «Was ist los?»

«Ihr haltet die Klappe und haut ab», antwortete der dritte Gorilla.

Dabei richtete er die Waffe, die er plötzlich in der Hand hielt – eine dunkelgraue Pistole – auf die anderen Gorillas.

Als diese nicht reagierten, weil sie wohl nicht verstanden, was das zu bedeuten hatte, schoss er ihnen in die Füße. Diesmal hielt sich der Krach in Grenzen, da der dritte Gorilla einen Schalldämpfer benutzte. Und weil die Getroffenen zu Boden sanken ohne großes Geschrei, stark und zäh, wie sie waren.

Der dritte Gorilla drängte Hofstetter auf den Beifahrersitz des Minibusses, sprang hinter das Steuer, setzte zurück und lenkte den Wagen, hurtig die Gänge wechselnd, aus dem Innenhof.

Sie befanden sich, so schien es, auf einem Industriegelände mit Fabriken, Laderampen, Bürogebäuden. Ein verlassenes Areal.

«Der Schalldämpfer war überhaupt nicht laut», sagte Hofstetter. «Unglaublich, wie leise Sie mich gerettet haben. Wer sind Sie?»

«Sie stehen unter Schock», erwiderte der Fahrer. «Beruhigen Sie sich. Sie sind in Sicherheit. Brenner schickt mich. Wir treffen das Team im *Luchador Express*.»

«Wo?»

«Mexikanisches Restaurant. Die Familie kennt das aztekische Geheimnis. Im Moment unwichtig.»

Hofstetter wollte wissen, ob Nathalie auch da sein würde. Der Fahrer gab keine Antwort.

Sie fuhren die Straße entlang; man hätte meinen können, es sei ein übertrieben langweiliger Sonntag, so wenig Verkehr gab es.

Sie nahmen, für etwa zehn Minuten, die Autobahn. Dann erreichten sie, rund einen Kilometer nach der Ausfahrt, ein Restaurant mit roten, heruntergelassenen Fensterläden, an der Tür ein Schild: «Cerrado/Geschlossen».

Drinnen waren die Lichter gelöscht, die Tische leer. Sie gingen nach hinten, vorbei an Abstellräumen, in denen Lebensmittel zu sehen waren, Kartonschachteln, Wäschekörbe, eine Waschmaschine. Im letzten Raum wartete Brenner mit seiner Gruppe.

Nathalie war nicht dabei. Neben Brenner nur der Mercedes-Fahrer, Nathalies eifersüchtiger Freund und ein älteres mexikanisches Paar, vermutlich die Besitzer des Lokals.

«Wo ist Nathalie?»

«Geht dich nichts an», grunzte der Eifersüchtige.

Brenner befahl ihm, den Raum zu verlassen: Er solle, zusammen mit dem Mercedes-Fahrer, draußen vor dem Restaurant die Augen offen halten.

Als die beiden gegangen waren, stellte Brenner das mexikanische Paar vor: Señor y Señora Flores.

«Ich werde für Sie kochen», meinte Señora Flores. «Sie sehen dünn aus, Sie brauchen Kraft. Mein Mann bringt Wasser und Mezcal.»

«Ich bin überhaupt nicht dünn», erwiderte Hofstetter.

Trotzdem begab sich Frau Flores in die Küche, zusammen mit ihrem Mann.

«Lassen Sie sich nicht provozieren», empfahl Brenner.

Damit meinte er Nathalies Freund, oder besser gesagt: ihren *Ex-Freund*. Ja, zu seiner Überraschung erfuhr Hofstetter nämlich, dass sich Nathalie schon vor der Reise in die Vergangenheit (also in der Zukunft) von diesem Kerl getrennt hatte, dass sich der Eifersüchtige jedoch weigerte, die Trennung zu akzeptieren.

Das wiederum konnte Hofstetter verstehen. «Ich war auch jedes Mal am Ende, wenn mich die Freundin verlassen hatte, nach mehreren, über Monate verteilten Seitensprüngen mit Männern, die viel mehr verdient haben als ich.»

«Kam das oft vor?»

«Genau ein Mal. Aber es fühlte sich an wie acht Mal. Oder neunzehn Mal.» Hofstetter hielt inne. «Ich will wissen, wo Nathalie ist.»

Brenner erklärte es ihm. In der Zwischenzeit war einiges geschehen. Genauer gesagt hatten der Mercedes-Fahrer, Nathalie und ihr Ex bei Tagesanbruch – also vor acht Stunden – offenbar den Versuch unternommen, den Professor aus der Klinik Hobelberg zu befreien. Brenner hatte das Fluchtauto gefahren. Leider war die Aktion schiefgelaufen, es hatte einen Zusammenstoß mit Vonneguts Leuten gegeben.

«Vonnegut?»

«Ja. Auch sie haben versucht, den Professor aus der Klinik zu holen. Es kam zu einer Schießerei. Sie haben sich durchgesetzt.»

«Sie haben sich durchgesetzt?»

«Vonneguts Leute haben den Professor. Wir waren in der Unterzahl.»

«So laute Maschinenpistolen, und nichts erreicht.»

«Schlimmer. Sie haben Nathalie. Sie haben sie als Geisel.»

Hofstetter war fassungslos.

«Was für eine bösartige Wende», sagte er. «Das Leben ist wirklich fragwürdig.»

Brenner stimmte zu. «Nathalie sagte mir vor der Zeitreise, dass sie Ihnen ihre Liebe schenken möchte.»

Hofstetter schlug mit der Hand auf den Tisch. «Wir müssen die Polizei rufen!»

Brenner meinte, das sei keine gute Idee.

«Nein?»

Brenner schaltete ein TV-Gerät ein, in der Ecke gegenüber, auf einem Tisch unter einem Plakat mit mexikanischer Bier-Werbung. Auf dem Schirm erschienen Szenen aus den Nachrichten, dann Bilder der Klinik Hobelberg, Fotos vom Professor und von Hofstetter.

«Das Bild wurde an der Neujahrsfeier im Büro geschossen», erinnerte sich Hofstetter. «Ich war betrunken und deprimiert, deshalb der schwachsinnige Gesichtsausdruck.»

«Sieht genau so aus», bestätigte Brenner. «Die hätten ein besseres Foto nehmen können. Jedenfalls: Sie werden von der Polizei gesucht. Man nimmt an, Sie hätten den Professor entführt.»

«Ich? Ich bin mehr der passive, reaktive Typ.»

Brenner schaltete das Gerät aus, dann starrte er ihn an, und je länger der Ernst und die Stille des Starrens andauerten, desto niedergeschlagener fühlte sich Hofstetter. Zum Glück kam Señora Flores zurück, mit würzig riechendem mexikanischen Essen, und Señor Flores mit Mineralwasser und Mezcal.

Hofstetter hatte nicht gewusst, wie hungrig er war, bis er zu essen begann. Er hatte auch nicht gewusst, wie gut Mezcal schmeckte.

«Dieses Foto!», beklagte er sich.

Das Ehepaar Flores verstand nicht, und Brenner schaltete das TV-Gerät wieder ein und wartete, bis Hofstetters Fahndungsfoto auftauchte.

«Sí!», rief Señora Flores. «Muy fea!»

«Was sagt sie?»

«Das Bild sei nicht so schlimm», erklärte Brenner.

«Ein *Albtraum*.» Hofstetter ließ sich Mezcal nachschenken. «Der Professor wird entführt, weil man ihm das Herz herausreißen will. Ich werde von der Polizei gesucht, während Nathalie verschwindet, bevor wir

Kinder zeugen können. Und Herr Waldenroder gehört zu einer Weltuntergangs-Sekte.»

«Un sueño oscuro», antwortete Frau Flores. «Gefangen sind wir in dunkle Traum. Schwimmen in sangre und vino von Göttin, schwimmen en las profundidades del tiempo.»

«Das klingt nicht gut.»

Brenner winkte ab. «Sie übertreibt.»

«Ahhh!», machte Frau Flores. «AHHH!»

«Nur eine Trance», versicherte Brenner. «Sie kommuniziert mit den aztekischen Ahnen.»

«*Sueño*! Traum de la diosa Coatlicue, grande purificación!» Frau Flores breitete ihre kurzen, flinken Arme aus. «Alles Menschen sterben müssen de la muerte, dann geboren werden en la sangre! Wenn wir nicht aufhalten la diosa, wenn wir nicht zeigen, nosotros mejor. Wenn wir nicht zeigen, dass Menschen *besser* sind, dann kommen los fantasmas de la oscuridad!»

«Sie verstehen?», fragte Herr Flores.

«Vollkommen», erwiderte Hofstetter. «Es ist alles ein Traum im Traum. Ein Traum der Göttin, in den der Albtraum der Menschen hineingeflossen ist, wie ein Zeitstrom aus Wein und Blut.»

«Sí», nickte Frau Flores. «Poético.»

Hofstetter hasste es, wenn sich sein mieses Gefühl als angemessen herausstellte. Er musste wieder an Nathalie denken. An ihr Lächeln, an ihre liebe, warme Stimme.

«Wir müssen etwas tun», sagte er. «Dieses Essen ist gut, Señora, dieser Mezcal hervorragend, aber wir *verlieren Zeit!* Wir müssen Nathalie und den Professor retten.»

«Das hätten wir längst getan», erwiderte Brenner. «Wenn wir wüssten, wohin man sie gebracht hat.»

«Sie wissen es nicht?»

Brenner nahm seine Brille ab, begann sie mit einem kleinen Tüchlein zu putzen. Für einen Moment schien es, als lasse er den Kopf hängen. «Wir wissen nicht einmal, wo die Zürcher Loge ihren Tempel hat.»

«Die Loge von Herrn Waldenroder?»

«Wir konnten es nicht herausfinden. Wir wissen nur, dass das Ritual in drei Stunden stattfindet. Bei Sonnenfinsternis.»

«In *drei Stunden?*»

«Ja.»

«Hören Sie, Brenner. Ich weiß, wo sich der Logen-Tempel befindet.»

«Sie wissen es?»

«Ja, das überrascht mich selber. Ich arbeite im Wirtschaftsressort, aus dem sonst nie etwas Wichtiges kommt.»

Brenner hörte aufmerksam.

«Also gut: Es war Herr Waldenroder! *Er* hat es mir gesagt. Der Tempel befindet sich unterhalb der Münsterplatzkirche. In der Altstadt von Zürich.»

Brenner wollte Details wissen. Hofstetter erzählte ihm von der Begegnung mit Waldenroder. Daraufhin ließ Brenner den Mercedes-Fahrer und Nathalies Ex rufen, die immer noch draußen die Gegend überwachten, um ihnen die Neuigkeit mitzuteilen.

Der Eifersüchtige glaubte Hofstetter nicht: «Ich bitte euch! Der Meister der Loge persönlich verrät diesem Trottel einfach so, wo das Ritual stattfindet – *das* sollen wir glauben?»

«Hast du eine bessere Spur?» Brenner wirkte verärgert. «Wir bereiten alles vor, um den Tempel zu stürmen.» Er warf einen Blick auf den Bildschirm an seinem Handgelenk. «Wir brechen in einer Stunde auf. Dann bleiben uns zwei Stunden bis zum Ritual.»

«Zwei Stunden, um in den Tempel unter der Münsterplatzkirche einzudringen und uns zu verstecken», sagte der Mercedes-Fahrer. «Zwei Stunden, um sie zu überraschen.»

Hofstetter wollte wissen, warum sie Nathalie und den Professor nicht sofort befreien konnten.

«Weil sie noch nicht im Tempel sind», erklärte Brenner. «Sie dürfen den Tempel erst betreten, wenn der Ritus begonnen hat. Man wird sie in der Zwischenzeit darauf vorbereiten. Mit den rituellen Waschungen und dem Zeremoniell der liturgischen Gewänder.»

«Waschungen?»

«Man wird den Professor in die Herzensgewänder der heiligen Blutstaubblüten von Cholula hüllen. Mit der Tunika des ewigen Lichts. Nathalie hat grüne Augen, also wird man sie der Göttin als Frühlingsmädchen der Lustgärten und der goldenen Fruchtbarkeit präsentieren.»

«Goldene Lustgärten?»

«Nein, die Fruchtbarkeit ist golden, die Lustgärten sind grün.»

Hofstetter überlegte. «Heißt das, beim Ritual wird Nathalie ebenfalls geopfert?»

«Nur die grünen Augen.»

«Ach so.»

«Ojos verdes», nickte Frau Flores. «Muy precioso.»

«Was für ein Wahnsinn», flüsterte Hofstetter. «Herr Waldenroder sollte wissen, dass wir nicht mehr im Zeitalter von Sklaverei, Menschenopfer und Augenhandel leben. Heute haben wir Samenspende, Präimplantationsdiagnostik und Leihmutterschaft.»

Señor Flores, Ehemann von Frau Flores, erhob sich von seinem Platz.

«Una hora», sagte er. «Nicht viel Zeit uns bleibt.»

Frau Flores hob die Hand: «Sí! Wir jetzt machen Oración. Dann wir müssen vorbereiten la ‹Calea tremenda› und das ‹Ah-Puch›.»

«So ist es, meine Freunde», bestätigte Brenner. «Ich fürchte, wir müssen alles in Erwägung ziehen, auch das Schlimmste.»

Die anderen schwiegen, obwohl Hofstetter unbedingt wissen wollte, was eine «Calea tremenda» war, und erst recht, was ein «Ah-Puch» war.

7

Nachdem die anderen den Raum verlassen hatten, sagte Brenner: «Es ist besser, wenn Sie sich jetzt beruhigen. Wenn Sie sich entspannen. Schließen Sie die Augen, Herr Hofstetter. Ein Powernap, das wird helfen. Sie werden Energie brauchen heute Abend, Herr Hofstetter.»

«Aber einige Fragen halten mich extrem wach.»

«Ja?»

«Ich muss zum Beispiel wissen, was ein ‹Ah-Puch› ist.»

«Ja?»

«Ebenso muss ich wissen, wie Sie überhaupt durch die Zeit reisen konnten. Vorausgesetzt, dass das alles tatsächlich wahr ist, dass es nicht bloß ein verrückter Traum ist, ein – Fiebertraum.»

«Sie meinen, am Phänomen der Zeitreise hängen unmögliche Fragen? Fragen, die um schwierige Probleme der Logik kreisen, um Probleme der Kausalität und des Raumzeit-Kontinuums?»

«Ganz genau.»

«Leider werden Sie unsere Lösungsmodelle nicht verstehen. Ihre astro- und quantenphysikalischen Kenntnisse sind zu primitiv. Sofern vorhanden.»

«Astro kenne ich etwas. Quanten weniger.»

«Wissen Sie, was ein Superstring-Portal-Beschleuniger ist?»

«Auf keinen Fall.»

«Sehen Sie. Weitere Fragen?»

«Also gut.» Hofstetter räusperte sich. «Nehmen wir an, ich glaube Ihnen. Sie kommen tatsächlich aus der Zukunft, mit diesem super Tanga-String.»

«Superstring.»

«Sage ich doch. Sie haben also diese Maschine, mit der Sie durch die Zeit reisen. Okay. Aber warum reisen Sie jetzt, wo Sie wissen, wie man den Professor retten kann, nicht einfach *noch mal* durch die Zeit? Sie könnten Nathalie und den Professor zum Beispiel vor der Klinik abfangen, noch bevor Vonneguts Leute sich die beiden schnappen. Sie wissen ja jetzt, wann Vonnegut dort auftaucht. Sie könnten die Bande überraschen und alle plattmachen. Anschließend reisen Sie *noch mal* durch die Zeit, bis Sie überhaupt alle plattgemacht haben, die mit dem Ritual zu tun haben. Wie wäre das? So lange vorwärts und rückwärts durch die Zeit reisen, bis alles hundertprozentig in Ordnung ist.»

Brenner nahm einen Schluck Mezcal.

«Guter Plan», sagte er. «Leider undurchführbar.»

«Aha. Und warum?»

«Mit unserer Maschine kann man nur einmal durch die Zeit reisen. Nur ein einziger Zeitsprung. Und nur in die Vergangenheit.»

Jetzt brauchte auch Hofstetter einen Schluck Mezcal. Diese Leute hatten es angeblich geschafft, eine Maschine zu bauen, mit der sie aus dem Jahr 2075 zurück ins Jahr 2021 reisen konnten, aber nur mit einem Einwegticket? Keine zweite Chance, kein Weg zurück?

«Hören Sie, Herr Brenner. Was ist das denn für eine Maschine? Sie können keine modernen, leisen Laserwaffen transportieren, sondern nur gebrauchte, laute Kalaschnikows. Sie können nur ein einziges Mal an ein bestimmtes Datum reisen. Sie können nicht zurück, sondern sitzen jetzt für immer in der Vergangenheit fest. Also bitte!»

Brenner starrte auf den Tisch, auf die Schnapsgläser und die Teller mit dem Essen.

«Wir *wussten*, es gibt kein Zurück», flüsterte er. «Gutes Team. Alle bereit, sich zu opfern.»

«Moment mal!» Hofstetter richtete sich auf. «Auch Nathalie wird nicht zurück in die Zukunft reisen können? Ihr sitzt alle fest, in der tiefsten, primitivsten Vergangenheit?»

«So ist es.»

«Aber wieso? Wieso ist diese Tanga-String-Maschine so schlecht, dass sie nur gut genug ist für eine einzige Nummer?»

Brenner meinte, das sei außerordentlich kompliziert, berühre höherstehende Formeln, deren Erklärung wenig bringe, da Hofstetter diese ebenfalls nicht verstehen könne, mit seinem 2021 stehengebliebenen Gehirn.

«Nur ein einfacher Hinweis», meinte Brenner. «Es handelt sich um eine Maschine auf der Grundlage modifizierter, ehemaliger Microsoft-Programme. Unsere Wissenschaftler von 2075 sagen, wenn es Apple-Programme gewesen wären, wäre die Maschine vielleicht besser geworden.»

«Das leuchtet ein», antwortete Hofstetter.

Er dachte an Nathalie und spürte, wie ihm warm ums Herz wurde.

«So etwas ist heute total aus der Mode», sagte er. «Eine Liebe, die für dich alles riskiert, die auf ihre Welt verzichtet, nur um mit dir zusammen zu sein.»

«In der Zukunft sind wir sehr romantisch», sagte Brenner.»

«Romantisch?»

«Bei Ihnen in der Vergangenheit nicht?»

Hofstetter sagte ihm die Wahrheit: «2021 ist die Liebe in aller Munde, aber mehr wie ein Kaugummi, süß und künstlich. Arbeit und Karriere sind der wahre Lebensmittelpunkt, Sex ein nebenberuflicher Sport, inklusive Panik vor Krankheit und Schwangerschaft.»

Das schien Brenner, jedenfalls für einen Moment, melancholisch zu stimmen. Er meinte, dass die Götter wohl einen großen, kosmischen Sinn für Ironie hätten.

«Wieso meinen Sie?»

«In meiner Zukunft sind viele Frauen romantisch, aber die Männer unfruchtbar», erklärte Brenner. «In Ihrer Gegenwart, Hofstetter, sind die Männer offenbar fruchtbar, aber die Frauen unromantisch.»

«Darauf müssen wir anstoßen. Ich verspreche Ihnen, sobald wir Nathalie und den Professor gerettet haben, werde ich viele Kinder machen. Mit Nathalie, nicht mit dem Professor.»

Sie stießen an.

«Sagen Sie, Brenner, warum sind im Jahr 2075 eigentlich so viele Männer unfruchtbar? Hat es etwas mit Impfstoffen zu tun? Und wie haben Sie es eigentlich geschafft, den angeblich drohenden Untergang der Menschheit zu überleben? Und wie sind Vonneguts Leute eigentlich entstanden?»

«Eine lange Geschichte», meinte Brenner.

«Wir haben Zeit. Das barbarische Ritual findet erst in zweieinhalb Stunden statt, und falls wir es nicht stoppen, kommt der Weltuntergang auch erst in den nächsten Monaten, nehme ich an.»

«Richtig.» Brenner lehnte sich in seinem Stuhl zurück. «Wollen Sie die Geschichte wirklich hören?»

Hofstetter wollte, und Brenner erzählte.

Infolge des Rituals, das heute Abend (in zweieinhalb Stunden) stattfinden würde, werde es aufgrund des «Fluchs der Göttin» auf der ganzen Welt bald zur Verschärfung verschiedener Krisen kommen, erklärte Brenner. Pandemien, Klimakrise, Demokratiekrise: Dies werde zu Bürgerkriegen führen, später zum Erlöschen der menschlichen Fruchtbarkeit.

Nur wenige, von den «Kindern der Schlange» auserwählte Männer könnten in Zukunft noch Kinder zeugen. Pro solchem Mann werde es im Durchschnitt zehn ausgewählte junge Frauen geben. Im Jahr 2050 werde die alte Menschheit zum Großteil überaltert oder ausgestorben sein. Gleichzeitig würden die «Kinder der Schlange» mit ihrer Fortpflanzung beginnen, in über den Globus verteilten, aztekisch dekorierten Geheimbund-Harems. Die zehn handverlesenen Harem-Frauen, die jeder Geheimbund-Mann bekomme, müssten sich immer wieder schwängern lassen, was den Männern besser gefalle als den Frauen.

Einige der neuen Menschen, die aus diesen Harem-Schwangerschaften hervorgingen, würden später (von den Historikern der Zukunft) erfahren, warum in der alten Weltordnung über sieben Milliarden Menschen aussterben mussten, nur damit sie, die neuen Menschen, so viel Platz und frische Luft hätten. Diese Tatsache werde für viele ein Schock sein. Einige würden nicht damit leben können. Besonders unter den Frauen werde sich Widerstand regen, denn diese wollten nicht länger als Harem-Brutkästen dienen, ohne die Chance auf einen frei gewählten Mann, den sie nicht mit neun anderen Frauen teilen müssten. Aus diesen Gründen werde es in der Zukunft zur Rebellion kommen.

Einige Widerständler würden sich «Kinder des Lichts» nennen und die patriarchalen «Kinder der Schlange» herausfordern. Ebenso würden sich die «Kinder des Lichts» gegen das massenmörderische Unfruchtbarkeits-Urteil der Göttin Coatlicue aus dem Jahr 2021 stellen – mit dem Ziel, das Schicksal der Menschheit zu korrigieren.

Eine Chance, dieses Ziel zu erreichen, werde sich schließlich im Jahr 2075 ergeben. Dann werde die erste Zeitmaschine der Menschheit erfunden werden, und die «Kinder des Lichts» würden zurück ins Jahr 2021 reisen, um die Geschichte zu verändern.

«Wir müssen den Fluch der Göttin abwenden», sagte Brenner, «das ist unsere Mission.»

Hofstetter goss sich Wasser ins Glas.

«Ich verstehe richtig», sagte er. «Sie, Nathalie und die anderen gehören zu den *Kindern des Lichts?*»

Brenner nickte.

«Vonneguts Leute gehören zu den *Kindern der Schlange?*»

Brenner nickte.

«Ihr wollt den Untergang aufhalten und die Harems verhindern, die eure Frauen zu Repopulations-Sklavinnen machen. Damit die Loge von Herrn Waldenroder in Zukunft nicht so mächtig wird, dass sie darüber entscheiden kann, wer ausstirbt und wer wen schwängern darf?»

«Kann man so zusammenfassen.»

«Es geht hier um eine Revolution der freien Liebe? Die Rettung der Romantik als Rettung der Menschheit?»

«Genau so.»

Hofstetter überlegte. Zum ersten Mal seit Beginn der Geschichte – seit der Entführung mit dem Mercedes – hatte er das Gefühl, nicht nur entführt worden zu sein, sondern für eine gute Sache entführt worden zu sein, ja, für eine sehr gute Sache.

«Ich kenne dieses Gefühl sonst nicht», gestand er. «Ich arbeite in einem Großraumbüro mit Fenster auf den Innenhof.»

Am liebsten wäre Hofstetter aufgestanden, hätte Brenner umarmt, hätte sich irgendwo eine der lauten Maschinenpistolen geschnappt und sich aufgemacht, Nathalie und den Professor zu befreien. Aber es war zu früh, außerdem schien Brenner seine Ungeduld zu spüren.

«Bitte entspannen Sie sich jetzt, mein Freund», sagte er. «Sie werden heute Abend alle Kraft brauchen, die Sie haben.»

«Aber ich muss an Nathalie denken, ihre Augen, das lachsfarbene Höschen!»

«Schließen Sie die Augen, mein Freund. Konzentrieren Sie sich auf meine Stimme. Nichts anderes, nur meine Stimme.»

«Ich versuche es.»

«Lassen Sie alles los. Alle Gedanken. Wolken am Himmel, die vorbeigleiten und am Horizont verschwinden: Sehen Sie sie?»

«Wolken am Himmel. Ja.»

«Das sind Ihre Gedanken, Hofstetter. Ihre Sorgen und Wünsche: diese Wolken am Himmel. Lassen Sie sie davongleiten. Lassen Sie alle Wolken ziehen. Ihr Körper wird leichter, spüren Sie es?»

«Halb und halb.»

«Doch, Sie *spüren* es. Ihre Finger werden leichter, die Arme, die Beine, der Kopf. Der Atem und das Herz werden langsamer, der Himmel des Geistes lichtet sich, können Sie es sehen?»

«Es geht.»

«Doch, Sie *können* es sehen. Und jetzt sinken Sie hinab in die warmen Kissen Ihrer Entspannung.»

«Hinab?»

«In die Entspannung, die auf Sie wartet.»

Tatsächlich hatte Hofstetter für einen Moment das Gefühl zu sinken, und es war, als würde er – eine schwebende Bewegung des Geistes – erneut zurückgleiten in den Alltag seines Großraumbüros. Redaktionssitzung mit Kaffee, Sitzen am Computer und wieder Kaffee.

Als Hofstetter die Augen wieder öffnete, sah er Brenners Gesicht.

«Sie waren hypnotisiert, mein Freund. Für zwanzig Minuten. Lagen Sie auf den warmen Kissen Ihrer Entspannung?»

«Überhaupt nicht.»

«Gut, denn bald ist es so weit.»

«Wir gehen zu Nathalie?»

«Nein, zuerst müssen wir uns reinigen. Wir müssen die Seele befreien, für die Feueraugen der Göttin, die uns durchleuchten werden.»

Hofstetter winkte ab. Er meinte, dass er sich auch so ganz gereinigt fühle, kein Problem, außerdem habe er keine Lust, sich von fremden Feuern durchleuchten zu lassen.

Aber Brenner bestand darauf, dass sie sich einer *Zeremonie* unterziehen müssten.

«Sie wollten wissen, was eine ‹Calea tremenda› ist, und erst recht, was ein ‹Ah-Puch› ist. Nun werden Sie es sehen.»

Er führte Hofstetter nach draußen durch den Korridor, vor die letzte Tür auf der rechten Seite. Brenner öffnete sie.

Drinnen sah Hofstetter Wäschekörbe am Boden, weiter drüben eine Waschmaschine. In der Mitte des Raums befand sich ein Tisch, um den Tisch versammelt das Ehepaar Flores, der Mercedes-Fahrer und Nathalies Ex. Auf dem Tisch ein tönerner Krug, neben dem Krug Trinkschalen.

«Los Fantasmas de la alma!», rief Frau Flores.

Sie hatte die Arme ausgebreitet, die Augen geschlossen, den Kopf schamanisch hin und her wippend, zitternd, um den Hals eine knochige, blutig betupfte Kette. Auch Herr Flores hatte die Augen geschlossen, bebend, schwitzend, sabbernd.

«Sollen wir den Arzt rufen?», flüsterte Hofstetter.

Brenner reagierte nicht. Sie warteten, bis Frau Flores wieder ihre Augen öffnete. Als sie es tat und Hofstetter erblickte, zischte sie auf.

«Tenso! Cola flojo!»

Herr Flores und der Mercedes-Fahrer versuchten sie zu beruhigen, hielten sie fest, wobei Frau Flores mit den Armen wackelte, während die Knochenkette schaukelte und fröstelte.

«Schnell», sagte Brenner. «Zur Waschmaschine.»

Hofstetter folgte ihm zur Maschine. Dort öffnete Brenner das Bullauge der Zentrifuge. Er kniete sich hin, um mit den Händen in die Wäschetrommel zu greifen. Als er sie wieder rauszog, hielt er etwas in der Hand, das wie ein kleines Tier aussah. Wie ein – Meerschweinchen.

8

«Es ist wirklich nicht nötig», sagte Hofstetter. «Ich esse seit meiner Kindheit keine Meerschweinchen.»

Immer noch wackelte Frau Flores mit den Armen, die Knochenkette rasselte.

«Purificación!», kreischte sie.

Brenner nahm Hofstetter zur Seite.

«Keine Sorge», sagte er. «Es wird nicht wehtun. Das Meerschweinchen ist dazu da, Sie zu reinigen.»

«Sie meinen, das Meerschweinchen wird mich sauber lecken?»

Nein, meinte Brenner, es handle sich um eine Zeremonie, mit welcher sich die bösen Energien in Hofstetters Seele auf das Meerschweinchen übertragen würden, so wie auch körperliche Krankheiten.

«Das Meerschweinchen übernimmt meine Krankheiten, damit ich gesund und normal bin? Armes Tier.»

Brenner betrachtete das weiß-braun-schwarz gefleckte Geschöpf, das ahnungslos in seinen Händen vor sich hin schnupperte.

«Manchmal sterben sie, wenn der Gereinigte viel Böses und Krankes in sich trägt. Manchmal überleben sie.»

«Es ist wirklich nicht nötig», wiederholte Hofstetter.

Herr Flores hatte sich das Tier aber schon geschnappt. Er hielt es in die Luft.

«Purificación!»

Alle außer Hofstetter murmelten das Wort, dann packte man Hofstetters Hand, damit er das Meerschweinchen berührte.

«Sueño oscuro!», fauchte Frau Flores. «Sangre en las profundidades del tiempo.»

Hofstetter wehrte sich, stemmte sich gegen das Gewicht dieses Irrsinns. Er stemmte sich so lange, bis er etwas – spürte. Es war, als würde eine Energie durch seinen Körper fahren. Ein wenig wie damals, als er mit nassen Fingern versucht hatte, nach der Dusche den Haartrockner zu bedienen. Nur war das hier mächtiger, irgendwie *tiefer* als der Strom aus der Buchse. Es war, wie wenn von irgendwoher eine Art Sonne durch ihn hindurchstreife, mit schmerzlosen Strahlen, die alles Dunkle, Giftige in ihm wegbrannten.

Hofstetter erschauderte, zitterte, hörte wieder die Knochenkette rasseln. Dann berührten ihn Hände, die ihm halfen, weil er beinahe – das Gleichgewicht verlor. Hofstetter fing sich wieder.

«Respirar!», rief Frau Flores.

Mit dem Zeigefinger deutete sie auf das Meerschweinchen, das man inzwischen auf den Tisch gelegt hatte, vor den tönernen Krug.

Das Tier bewegte sich nicht.

«Despierta!»

Das Meerschweinchen – einige Sekunden Stille – begann sich zu regen. Es wachte auf, drehte schnüffelnd sein Köpfchen. Frau Flores und die anderen wirkten überrascht.

«Sehr schön», sagte Brenner. «Sie hatten wenig Krankes und Kaputtes in sich. Ihr Meerschweinchen hat überlebt.»

«Aber in der Grundschule war ich viel krank und als Erwachsener oft kaputt.»

Dennoch strahlte Frau Flores.

«Alma buena!»

Auch die anderen wurden freundlicher, sogar Nathalies Ex.

«Seien Sie dankbar», sagte er und reichte ihm die Hand. «Ich heiße übrigens Roland.»

«Okay, danke.»

Frau Flores zeigte Hofstetter die anderen Meerschweinchen, am Boden neben dem Wäschekorb. Sie waren tot, nachdem die Anderen in der Gruppe sie zur Seelenreinigung benutzt hatten. Hofstetter betrachtete ihr armes, glanzloses Fell.

«Die hatten vermutlich einen Herzinfarkt. Können wir jetzt Nathalie und den Professor retten?»

«Zuerst müssen wir trinken», erklärte Brenner.

Er deutete auf den Tonkrug.

«Trinken?»

«Die ‹Calea tremenda›. Sie wird uns Kraft geben.»

«Sí!», nickte Frau Flores. «Gran corazón de coraje.»

Brenner übersetzte: ein magischer Trunk für «große Herzen mit großem Mut». Wie es die Legende wollte, hätten schon die Azteken so ein Gebräu benutzt, um ihre Krieger zu motivieren.

Auf eine solche Motivation wollte Hofstetter, wie er klarstellte, gerne verzichten. Lieber schaute er zu, wie die anderen ihre Trinkschalen nahmen. Zuerst das Ehepaar Flores, dann Nathalies Ex – Roland –, der Mercedes-Fahrer und Brenner.

«Kommen Sie, Hofstetter. Sie werden es brauchen, bestimmt.»

Hofstetter wollte nicht. «Ich muss mich bei solchen Dingen immer als Einziger übergeben, und die anderen lachen dann.»

«Nein, die ‹Calea tremenda› ist gesund. Sie verleiht Kraft aus dem Innersten der Seele. Licht gegen die Dämonen, die dich aufhalten wollen auf dem Weg zu Nathalie.»

«Zu Nathalie?»

«Ja. Außerdem sorgt die ‹Calea tremenda› für starke Springbrunnen im goldenen Garten der Fruchtbarkeit.»

«Starke Springbrunnen?»

«Sehr starke. Hochpotenz.»

Also gut, Hofstetter war bereit, einen kleinen Schluck auszuprobieren. Man reichte ihm die Schale. Das Getränk war bläulich, lauwarm und schmeckte nach Minze, nach Pflanzen und – Brombeeren?

Hofstetter nahm einen zweiten Schluck. Ja, Brombeere und etwas Süßeres, vielleicht Holunder. Beim dritten Schluck war es klar: Holunder und weitere Beeren. Und Kräuter.

«Nicht übel», sagte er.

Er trank die Schale leer. Die anderen warteten. Dabei schien es keiner von ihnen eilig zu haben oder einen Grund zu finden, etwas Spanisches in die Luft zu rufen, mit Halsketten zu rasseln. Nein, nun war es still, und Hofstetter konnte spüren, wie sich der ganze Raum entspannte.

«Ich habe das Gefühl», sagte er, «der Raum entspannt sich. *Ent-spannen.*»

Brenner nickte. «Die Spannung geht, die ‹Calea tremenda› kommt. Nach etwa zehn Minuten, meistens.»

«Zehn?»

«Wenn wir es *alle* spüren, ist es Zeit. Dann brechen wir auf. Dann können wir den Feueraugen der Göttin standhalten.»

«Und was machen wir, bis wir aufbrechen?»

«Warten.»

Normalerweise war Hofstetter nicht der Typ, der warten konnte, zumal ohne Smartphone, das er übrigens immer noch vermisste, seitdem wahrscheinlich Vonneguts Leute es sich geschnappt hatten.

«Reposo», flüsterte Frau Flores. «Tranquilo.»

Ja, der Raum um sie herum machte eindeutig eine Verwandlung durch. Hofstetter spürte es durch die Ritzen und Löcher kriechen, hineinschweben wie ein unsichtbarer Nebel.

Ein Nebel der Ruhe, des Friedens.

«Wunderbar», flüsterte neben ihm Roland.

«Hm», grunzte der Mercedes-Fahrer.

Frau Flores starrte auf den Tisch, auf die Trinkschalen und den Krug, neben ihr Herr Flores, sprachlos, mit kleinen, glänzenden Augen.

«Da wir noch etwas Zeit haben», begann Hofstetter, «warum erzählt mir nicht jemand etwas von dieser Göttin? Wie heißt sie noch mal: Kroatien-Schuhe?»

«Coatlicue», korrigierte Brenner.

«Sage ich doch. Warum ist sie so gefährlich? Warum müssen wir ihren Feueraugen standhalten?»

«La diosa», sagte Frau Flores.

Sie holte etwas aus der Tasche ihres karierten Rocks, blitzschnell, als habe sie nur darauf gewartet. Es sah aus wie eines der Heiligenbildchen, die verrückte Fromme gern bei sich tragen.

Auf diesem Bildchen befand sich ein Foto, auf dem Foto eine aztekische Götterstatue. Eine Statue aus schwarzem Basalt, wie Brenner erklärte, mit einem Rock aus Schlangenleibern und einem Halsband aus blutigen Sehnen, daran aufgehängt menschliche Herzen. Und abgehackte Hände.

«Sehr schön», sagte Hofstetter.

Die Göttin spende Leben und bringe Tod, erklärte Brenner. Die Füße und Hände von Coatlicue würden oft als Klauen dargestellt, um zu zeigen, dass sie Gräber grabe, dass sie also jene beerdige, die sich gegen das Leben und die Schöpfung wendeten.

«Recht so.» Hofstetter fühlte sich immer entspannter. «Irgendwie verstehe ich die Göttin. Geschöpfe, die so viel töten, wegwerfen und Lärm produzieren wie wir, warum sollte sie uns nicht begraben, hinüberschaufeln in den Staub der Vergangenheit, nicht wahr?»

«Nein», wandte Roland ein. «Coatlicue ist auch barmherzig. Sie trägt die herausgerissenen Herzen nicht nur deshalb als Kette um den Hals, weil es uns abschrecken soll, sondern weil wir sehen sollen, wie wichtig es ist, das richtige Herz zu haben.»

«Ohne Zweifel.»

«Du verstehst schnell, Hofstetter.»

«Ich weiß.» Hofstetter spürte, wie angenehm warm der Friede in ihm zu ruhen begann. «Es ist wirklich schön, was Sie gerade gesagt haben.»

«Dispuesto», sagte Frau Flores.

Herr Flores umarmte und küsste seine Gemahlin. «Wir euch jetzt zeigen den Weg, mi amor y yo. Dann wir hier warten auf euch, bereiten vor die *celebración de la victoria.*»

Brenner bedankte sich bei dem Ehepaar, bevor er sich an die anderen wandte: «Meine Herren, es ist mir eine Ehre, mit euch in den Kampf zu ziehen.»

Der anderen nickten.

«Ich muss zugeben», sagte Hofstetter. «Ich sehe das mit meiner Entführung jetzt positiver. Ich habe ein gutes Gefühl bei der Sache.»

Sie verließen den Raum. Bei jedem Schritt spürte Hofstetter, wie der warme Frieden ihnen folgte, als unsichtbarer Schatten aus schöner, weicher Kraft.

Sie suchten eine Kammer auf, die sich neben der Küche befand. Dort lagen auf einem Tisch Maschinenpistolen, Handfeuerwaffen, Messer und anderes, was Hofstetter nicht identifizieren konnte.

«Ich danke dem Ehepaar Flores und ihren Ahnen», sagte Brenner. «Für alle Dienste, die sie uns geschenkt haben in dieser Zeit und in den Zeiten, die kommen werden. Hijos de la luz!»

Alle verbeugten sich. Auch Hofstetter verbeugte sich, weil es so schön war.

«Alles wir haben *bereit* gemacht», sagte Herr Flores.

Seine Frau schien vor Rührung eine Träne zu vergießen, oder sie hatte etwas im Auge, das sie störte.

«Ich sehe, auch das ‹Ah-Puch› ist bereit», sagte Brenner.

Er betrachtete eine Stelle rechts neben dem Tisch. Dort stand ein zylinderförmiger Behälter, vielleicht vierzig Zentimeter hoch. Er war aus Glas, umfasst von einem metallischen Rahmen, erleuchtet von einer geheimnisvoll kreisenden grünen Flüssigkeit.

«Was ist das für eine leuchtende, geheimnisvoll kreisende Flüssigkeit?», wollte Hofstetter wissen.

Roland erklärte es ihm: Es sei die Kraft des «Ah-Puch», das sie mitnehmen müssten in den Tempel des Rituals. Die Kraft, die sie im Notfall freisetzen würden.

«Freisetzen?»

«Wenn wir versagen. Wenn wir es nicht schaffen, den Professor zu retten.»

«Und Nathalie.»

«Und Nathalie. Leider ist es möglich, dass wir versagen. Wir sind in der Unterzahl. Vonneguts Team ist hervorragend ausgebildet, und wir wissen nicht, auf welche Seite sich die Göttin schlagen wird.»

«Aha.»

Hofstetters Entspannung wurde für einen Moment ein wenig gestört.

«Wenn wir versagen, setzen wir die leuchtende, geheimnisvoll kreisende Flüssigkeit frei.»

Die anderen nickten.

«Und was macht die leuchtende, geheimnisvoll kreisende Flüssigkeit, wenn wir sie freisetzen?»

«Muerte», erwiderte Frau Flores.

«Tod?» Hofstetter wandte sich an Brenner. «Sie übertreibt, nicht wahr?»

«Nein. Wenn wir versagen, wird das ‹Ah-Puch› den Tempel überwältigen mit der grünen Kraft.»

«Und wir hauen ab, um uns zu retten?»

«Wenn wir können, ja. Wenn wir nicht können, nein.»

Hofstetter betrachtete den zylinderförmigen Behälter, in dem die grüne Kraft floss und schimmerte.

Die anderen traten an den Tisch und wählten ihre Waffe: Brenner zwei Maschinenpistolen, ein Messer und vier Gegenstände, die wie Handgranaten aussahen. Der Mercedes-Fahrer tat es ihm gleich, und

Roland steckte sich eine Handfeuerwaffe in den Gürtel, zwei weitere in die Hosentaschen.

«Ich werde das ‹Ah-Puch› tragen, mit einem Schultergurt, um es in den Tempel zu bringen. Ich kann mir keine Maschinenpistole umhängen. Trägst du eine für mich?»

«Gerne», erwiderte Hofstetter.

Er betrachtete die restlichen Waffen auf dem Tisch.

«Das ist eine Remington 1911», sagte Brenner. «Das hier eine Walther PPQ. Hier die Kalaschnikows. Kennen Sie diese Waffen?»

«Nein», erwiderte Hofstetter. «Aber ich kenne alle Filme mit Bruce Willis.»

9

Sie verabschiedeten sich vom Ehepaar Flores und gingen zum Minibus vor dem Restaurant. Sie verstauten die Waffen im Wagen, mit dem zylinderförmigen Behälter, den sie in Decken gewickelt hatten, weil er so geheimnisvoll leuchtete.

Der Abend war angebrochen. In rund siebzig Minuten würde das Ritual beginnen, also fuhren sie schnell in Richtung Stadtzentrum – schweigend, jeder vertieft in seine Gedanken.

«Es ist gut, wenn wir schweigen, um uns mental zu sammeln», meinte Hofstetter.

Niemand reagierte.

«Ich meine, das Schweigen ist eine schöne mentale Technik.»

Brenner warf ihm einen Blick zu, und Hofstetter spürte, dass jetzt der Zeitpunkt gekommen war, an der eigenen Stille zu arbeiten. In der Folge hörte man lediglich die Motorengeräusche, das Geräusch des gesetzten Blinkers beim Wechseln der Spur oder den Fahrtwind draußen. So lange, bis die Frauenstimme des Navis mitteilte, dass sie nach 450 Metern rechts ihr Ziel erreichen würden: den Parkplatz westlich der Münsterplatzkirche.

Als sie dort ankamen, zeigte ihnen Brenner auf seinem kleinen Bildschirm die Baupläne der Kirche.

Sie bildeten zwei Gruppen: Roland und der Mercedes-Fahrer sollten in den Logen-Tempel unterhalb des Kirchenschiffs eindringen und das «Ah-Puch» verstecken. Dann sollten sie nach dem Professor suchen, den man in einem der Räume auf der rechten Seite der Anlage vermutete. In der Zwischenzeit würde die zweite Gruppe – Brenner und Hofstetter – nach Nathalie suchen, auf der linken Seite der Anlage.

«Auf der linken Seite befindet sich die Wasserleitung», sagte Brenner. «Über einer antiken Zisterne. Dort muss der Springbrunnen der Fruchtbarkeit sein; dort wird man Nathalie als Frühlingsmädchen schmücken.»

Schwer bewaffnet verließen sie den Wagen und schlichen durch die Abenddämmerung, rüber zur Pflastersteintreppe, die zum Münster hinaufführte. Roland trug am Schultergurt den bedeckten Behälter, von dem ab und zu, beim Treppensteigen, ein smaragdgrüner Spalt in die Dämmerung leuchtete.

Unterwegs zum kirchlichen Vorplatz begegnete ihnen eine Gruppe asiatischer Touristen, dazu eine ältere Frau im Rollstuhl.

«Ein Film», sagte Hofstetter. «Wir drehen einen Actionfilm.»

Die Frau: «In der Kirche?»

Die Asiaten: «In the church?»

Hofstetter zeigte seine Kalaschnikow. «*Der Drogenbaron Gottes*. Bald im Kino.»

Brenner und sein Team gingen weiter.

Sie verschwanden in der Kirche. Im Schiff waren keine Menschen zu sehen, vorne am Altar einsam brennende Kerzen.

Sie verriegelten das Portal und trennten sich. Wie geplant nahmen sich Roland und der Mercedes-Fahrer die rechte Seite vor, Brenner und Hofstetter begaben sich nach links.

«Diese Kalaschnikow wird laut sein», flüsterte Hofstetter. «Aber ich mag sie.»

«Psst», sagte Brenner.

Hinter der ersten Tür, gegenüber einem Taufstein, fanden sie ein Zimmer mit Büchern, daneben eine Abstellkammer, darin Messgewänder, verstaubte Decken und eine Kiste mit Puppen und Lederwaren.

«Steuerfinanzierte Perverse», flüsterte Hofstetter.

«Kein Priester weit und breit», flüsterte Brenner zurück.

Ja, seltsam eigentlich, dass niemand hier war. Brenner meinte, dass die Kirchenleute vielleicht alle Mitglieder von Waldenroders Loge geworden seien und ebenfalls am Ritual teilnehmen würden.

«Könnte sein», überlegte Hofstetter. «Die Loge wäre für die Kirche in Zürich jedenfalls ein solventer Untermieter. Und das mit den zehn Frauen pro Mann ist auch verlockend.»

«Heterosexuelle Priester?»

«Ja, es gibt welche.»

Sie gingen weiter – in Richtung Chorgestühl. Dort entdeckten sie, im Gemäuer aus dem 14. Jahrhundert, einen schmalen Durchgang, der zu einem weiteren schmalen Durchgang führte und von dort zu einer verblassten Tür, die sie aufbrechen mussten, um eine gewundene Steintreppe freizulegen, die in die Dunkelheit hinabführte.

«Diese Steintreppe führt hinab in die Dunkelheit», flüsterte Hofstetter.

Brenner aktivierte den Bildschirm an seinem Handgelenk, dessen Licht die Schatten verjagte, während sie die Stufen nahmen. Obwohl sie leise sein wollten, erzeugte Hofstetter etwas Lärm, wenn der Lauf der Kalaschnikow gegen das Mauerwerk stieß oder an den Sandsteinen aus dem Spätmittelalter entlangkratzte. Oder, weiter unten, an den Steinen aus dem Mittelalter scharrte. Oder, noch weiter unten, an den Säulen vorbeischrammte, auf dem Weg in ältere Geschosse. Auf dem Weg in Katakomben und glockenförmige Räume der Antike, in denen die Zeit sich zu sammeln schien, unter dem Gewicht der Stadt, die sie an der Oberfläche zurückgelassen hatten.

Brenner blieb stehen, in der Mitte des glockenförmigen Raums.

«Ita sit», sagte er.

«Nein, danke», erwiderte Hofstetter. «Ich bin nicht durstig.»

Doch Brenner meinte die Pforte gegenüber. Dort, auf dem Gemäuer, war es zu sehen, das Zeichen der Schlange.

«Sieht aus wie eine ziegelrote Banane.»

«Eine Babyschlange aus Blut. Zeichen *ihrer* Kinder.»

Brenner überprüfte seine Maschinenpistole, die Handfeuerwaffe und die Gegenstände, die wie Handgranaten aussahen.

«Bist du bereit?»

«Ich fühle die Sterne über uns», entgegnete Hofstetter. «Das ist anders als im Großraumbüro der Redaktion. Anders als früher, in der Grundschule, besonders im Sportunterricht. Überall war ich fehl am Platz. Aber jetzt fühle ich mich – im Einklang mit der Erde. Bereit wie nie, denn ich war noch nie bereit, nicht wahr?»

«Deine Waffen?»

«Natürlich, ich mag sie.»

«Nein, du sollst sie überprüfen.»

Hofstetter überprüfte. Ihm schien, es sei alles in Ordnung, doch Brenner meinte, es sei von Vorteil, wenn er die Waffen jetzt entsichere.

«Denk daran», sagte Brenner vor der Pforte. «Es gibt keinen Weg zurück, wenn wir über diese Schwelle treten. Wir retten die Welt oder gehen unter.»

«Oder beides.»

«Beides?»

«Wir sterben und retten trotzdem die Welt.»

«Okay. Auf mein Kommando.»

Brenner begann zu zählen. Er zählte bis drei, bevor sie durch die Pforte in die Domäne der Loge eindrangen – Hofstetter schneller als Brenner, da er dachte, der werde bis zwei zählen und losrennen, noch während er «drei» sagte. Tatsächlich rannte Brenner aber erst, *nachdem* er «drei» gesagt hatte, was am Ende keinen Unterschied machte, denn Hofstetter war grundsätzlich langsam (die nie eingelösten Fitness-Abos), so dass Brenner wieder die Führung übernahm.

Er stürmte durch den Vorraum, die Maschinenpistole im Anschlag. Das war gut, denn nach den ersten paar Säulen kamen ihnen Männer in Uniform entgegen. Leibwächter der Loge.

Brenner eröffnete das Feuer – RATTATAA! – und sprang auf die Seite, als die Kugeln ins Gemäuer schlugen und Staub aufwirbelten. Dann erwiderten die Leibwächter das Feuer und ließen Funken von den Säulen springen: Die Wände spuckten Splitter.

Hofstetter warf sich zu Boden, was besser aussah, als es sich anfühlte (die Kniescheiben, das Becken). Auf dem Bauch liegend versuchte er mit der Maschinenpistole zu zielen, betätigte den Abzug. Der Rückschlag erinnerte an einen jungen, ungeduldigen, mittelgroßen Baumstamm, der auf seine Schulter krachte.

«Ver-uuuaah!», schrie Hofstetter.

«Ja!», kreischte Brenner. «Krieg!»

Hofstetter robbte davon, nach rechts zu einer Marmorstufe, die ihm gar nicht aufgefallen war, der er jedoch dankbar war, dass es sie gab und dass sie sich an genau dieser Stelle befand, in einem glücklichen toten Winkel der restlichen Schießerei, die noch andauerte.

Nach dem Lärm konnte Hofstetter sehen, dass die Leibwächter am Boden lagen. Brenner stand vor den getroffenen Körpern und wechselte das Magazin. Dann kam er zu Hofstetter, der sich aufrappelte.

«Du warst gut», sagte Brenner.

«Ich weiß.» Hofstetter stöhnte. «Es war laut. Man hat uns bestimmt überall gehört, oben in den Katakomben. In der Stadt.»

Diese Überlegung schien Brenner nicht zu kümmern.

«Dort entlang», sagte er und eilte weiter.

Hofstetter humpelte hinter ihm her und spürte, wie die Schmerzwellen in Schulter und Knie anschwollen.

«Ahh!», ächzte er.

«Ja!», rief Brenner.

Erneut gelangten sie in eine Vorhalle, geformt aus hervorspringenden Seitenwänden, die Hofstetter an historische Zeichnungen antiker Tempel erinnerte. Am Ende der Halle ein sandfarbener Rundbogen, darauf kleine, wasserblaue Linien.

«Das Zeichen des Brunnens», meinte Brenner.

Er war sicher, Nathalie würde dort gefangen gehalten. Doch bevor sie nachschauen konnten, stürmten neue Wachen herbei. Brenner reagierte schnell und feuerte.

Inzwischen eilte Hofstetter unter dem Rundbogen hindurch, rannte durch grüne Seidentücher, die von der Decke herabhingen. Tuch um Tuch schob er beiseite, während der Durchgang schmaler wurde. Dann stand er an der Schwelle zu einem neuen Raum.

Oder nein, es war wie eine Gartenanlage, im Hintergrund blaue Wände, in der Mitte ein Springbrunnen mit verziertem, schalenförmigem Bassin. Hofstetter hörte das friedliche, unschuldige Plätschern, sah auf der Wasseroberfläche glitzernde Diamanttropfen. Und als er näher trat, war es, als fülle sich die Luft mit Frühling, mit der Farbe von Blumen, mit dem Leuchten von Gras, mit schneeweißen Blütenteppichen und – Nathalie.

Dort drüben saß sie: auf einem erhöhten marmorfarbenen Platz, wie eine Königin auf dem Thron. Hofstetter trat näher. Nathalie trug ein goldbetresstes Seidenkostüm, mit Smaragd-Umhang, passend zu den Augen. Die Ärmel schimmerten golden, die Brüste sanft angedeutet unter dem Ornat, der Rundkragen besetzt mit Edelsteinen.

«Ich wusste, dass du kommst», sagte sie.

Sie konnte Arme und Beine nicht bewegen, war an den Thron gefesselt, mit satinartigen Stofftüchern.

Entzückt betrachtete Hofstetter ihre Haare, die geflochten waren, geknüpft und gezwirbelt, im ornamentalen Stil.

«Du bist so schön!»

«Ja?»

«Deine Liebe sprengt alle Erwartungen. Dein Kleid ist schön, deine Haare sind schön, der Satinstoff an deinen Händen und Füßen.»

Man hatte Nathalie geschminkt: die Wimperntusche golden, der Lidschatten blau (Lapislazuli), die Lippen erdbeerfarben.

«Nathalie», schwärmte er.

«Worauf wartest du? Binde mich los!»

Ja, natürlich. Der Satinstoff war zwar schön und wohl kostspielig, aber es handelte sich trotzdem um Fesseln. Hofstetter entfernte sie.

Zuerst hatte Nathalie Mühe, auf die Beine zu kommen, von der langen Zeit auf dem Thron. Sie streckte sich, schüttelte Arme und Beine. Dann lächelte sie.

«Eine Königin», sagte er.

«*Deine* Königin.»

Sie küssten sich, und Hofstetter spürte die Explosion der Leidenschaft im tiefsten Inneren. Oder es war die Explosion draußen, in der Vorhalle, von Brenners Handgranaten – im Kampf gegen die Wächter.

«Lass uns verschwinden», sagte sie.

Ja. Am liebsten wären sie längst oben in der Stadt gewesen, in der Freiheit. Wenn es nicht die glattrasierten, in dunkelrote Gewänder gehüllten Tempeldienerinnen gegeben hätte, die den Auftrag hatten, Nathalie zu überwachen! Die Tempeldienerinnen, die jetzt plötzlich im Garten auftauchten.

Es waren vier Frauen. Zwei Weiße, eine Schwarze, eine Asiatin – und alle mit herrlich intensiven, fanatischen Augen.

«Halt! Das Mädchen des Frühlings muss hierbleiben!»

10

Hofstetter richtete die Maschinenpistole auf die Glattrasierten. Er machte ihnen klar, dass er die Waffe im Notfall benutzen werde, und dass diese sehr laut sei.

Die Glattrasierten antworteten nicht, starrten ihn nur an.

«Sie sind vegan und lesbisch», erklärte Nathalie.

«Verstehe.»

«Außerdem halten sie den feministischen Zölibat.»

«Tut das weh?»

«Nur den Männern.» Nathalie räusperte sich. «Der Zölibat wird von einigen als Gebärstreik verstanden. Von denen, die zur Frauenrechtsgruppe der Loge gehören. Sie wollen keine Kinder mehr in die Welt setzen, bis das Klima in Ordnung ist – und bis sich die Männer bessern.»

«Das könnte dauern.»

Nathalie wandte sich an die Asiatin, offenbar die Anführerin.

«Hör zu, ihr habt dem Tempel gut gedient, ich verstehe euch! Aber nun ist es Zeit, die Männer des Tempels anders zu bestrafen.»

«Anders?»

«Ihr müsst mich und meinen Verlobten gehen lassen. Wenn ihr das tut, kann das Ritual nicht stattfinden, und die Männer der Loge stehen vor der Göttin sehr schlecht da, versteht ihr? Wenn die Männer das Ritual versauen, könnte die Göttin auf die Idee kommen, in Zukunft auf Frauen zu setzen, ja, eine Frauenquote einzuführen.»

Die Dienerinnen schienen darüber nachzudenken.

«Ist es wahr», flüsterte Hofstetter. «Ich bin dein Verlobter?»

Nathalies Antwort war ein neuer Kuss, und wieder fühlte er die Explosion im tiefsten Inneren. Oder die Explosion draußen in der Vorhalle. Die Wände um sie herum zitterten, der Springbrunnen bebte, der Frieden des Plätscherns war dahin – und aus der Ferne näherte sich ein Grollen. Mit dem Rattern von Maschinenpistolen.

«Brenner», sagte Hofstetter.

Nathalie wollte die Dienerinnen dazu überreden, gemeinsam zu fliehen, wollte sie warnen vor der nahenden Schießerei, vor den Kugeln und Handgranaten, doch das Herz der Dienerinnen hing offenbar ganz an ihrem Dienst für den Tempel und dem Ritual der Opferung eines Menschenherzens, denn sie stellten sich stur. Sie wollten Nathalie nicht gehen lassen.

Hofstetter stand vor der Wahl, mit der Kalaschnikow das Feuer zu eröffnen und die Frauen zu verletzen oder aufzugeben und sich mit Nathalie in Gewahrsam nehmen zu lassen. Und es bleibt bis heute ungeklärt, ob er es fertiggebracht hätte zu schießen, denn das Grollen, das sich aus der Ferne genähert hatte, war nun angekommen.

Hofstetter sah, neben dem Eingang, nassbraune Risse, die durchs Gemäuer fuhren, zuerst gabelförmig, dann auseinanderlaufend wie ein Gewirr aus Blitzen: tropfend, sickernd, sprudelnd.

«Das Grundwasser!», rief eine Dienerin.

Fast gleichzeitig geschah es. Das Wasser brach durch, nachdem der Tank oder die Leitungen über der Anlage offenbar zerstört worden waren, vom Feuergefecht, von den Explosionen. Ein See brach herein – kalt, dunkelgrau – und schlug über ihnen zusammen. Sie wurden mitgerissen, weggespült, hinüber- und hineingespült – in einen langen Gang. In einen Strom aus umherwirbelnden Blumen und Grasfetzen, aus Armen und Beinen und Edelsteinen und anderen, kostengünstigeren Objekten.

«Nathalie!», rief Hofstetter.

Er konnte sie nicht ausfindig machen, spürte unter Wasser eine Hand, einen Kopf, zwischen Blumen und Gegenständen aus Stein und Holz. Die Flut trug sie um mehrere Ecken und spülte sie in eine Halle, aus der das Wasser abfließen konnte, über alle vier Seiten.

Hofstetter blieb liegen, vor einem Sandsteinblock, umgeben von geknickten Rosen, abgerissenen Schuhen, Stofffetzen. Er rappelte sich auf, konnte niemanden sehen, keine Nathalie, keine Dienerin.

Er ging zurück zum Gang, aus dem sie gespült worden waren, und sah sie – einige Meter entfernt – am Boden liegen: Nathalie, bäuchlings, die Arme seitwärts ausgestreckt. Er kniete sich hin, drehte sie herum, vorsichtig. Sie bewegte ihre Lider.

«Nathalie!»

Sie öffnete die Augen, schien antworten zu wollen, musste aber zuerst Wasser erbrechen, dann husten und noch mehr erbrechen.

«O mein Gott», sagte Hofstetter. «Wir könnten jetzt tot sein!»

«Halt mich.»

Sie hatte die Schuhe verloren, doch das goldbetresste Kostüm war unversehrt geblieben, auch der Rundkragen mit Edelsteinen. Nathalie tastete nach ihrem Haar, das durcheinandergeraten war. Dafür war das Gold der Wimperntusche noch da, mit den Lapislazuli-Lidschatten.

«Diese Tempel-Schminke ist extrem wetterfest», sagte er.

Sie nickte. «Wo sind die Dienerinnen?»

Hofstetter konnte nur mutmaßen. Möglicherweise waren sie mit dem Wasser verschwunden, irgendwo in einen anderen Raum. Idealerweise in einen Raum, aus dem sie nicht wieder zurückkehrten.

«Glattrasierte Lesben», sagte er. «Diese Anlage steckt voller Gefahren. Und sie verfügt offenbar über unendlich viele Räume, mit Strom und Bodenheizung.»

Nathalie schaute sich um.

«Siehst du den Pilaster dort? Die abgenutzte Stelle?»

Hofstetter sah gar nichts, aber er nickte und durchquerte mit Nathalie den Raum, stellte sich vor den Pilaster. Auf dem Sandstein, etwa auf Brusthöhe, war eine verbrauchte Stelle zu sehen, als hätte man zu oft einen Ball dagegen geschlagen oder sich mit den Händen angelehnt.

Die Hände, dachte Hofstetter.

Schon hatte Nathalie ihre Hände nach der Stelle ausgestreckt. Sie stemmte sich dagegen. Knirschend und rumpelnd begann sich der Pilaster zu drehen, um die eigene Achse, und gab einen Durchgang frei.

Sie quetschten sich durch und tasteten sich vor. Abwechselnd spürte Hofstetter in der Dunkelheit die Wand und die Feuchtigkeit von Nathalies Kleid. Die

Wand und Nathalies Arm, die Wärme ihres Atems. Und dann – Stimmen. Irgendwo vor ihnen.

«Hallo!»

Weiter vorne: «-ah-alie!»

Etwas später: «Nathalie!»

Licht drang zu ihnen, von oben, durch einen nebelhaften Staubteppich. Die Stimmen kamen näher, und sie sahen, an der Wand gegenüber, Umrisse. Zwei Personen, die auf sie zukamen, mit schwimmenden, wankenden Bewegungen. Hofstetter erschrak, aber es war ein Spiegel.

«Keine Angst», sagte Nathalie.

«Ich hab keine Angst. Mein Körper zuckt nur manchmal.»

Nathalie blieb vor dem Spiegel stehen. Sie berührte die glatte Oberfläche, die Finger gespreizt, und lehnte sich dagegen.

Klack! Das Schloss zwischen Wand und Rahmen sprang auf. Der Spiegel ließ sich nach innen drehen.

Sie gelangten in den Raum dahinter. Dort wartete Brenner: Schrammen im Gesicht, ein Riss im Brillenglas, an beiden Schultern eine Maschinenpistole, die Handgranaten aufgebraucht bis auf eine.

«Alles klar?»

«Nach einem Überfall mit glattrasierten Lesben sind wir beinahe ertrunken», erwiderte Hofstetter.

«Gut. Ich bringe euch zu den anderen.»

Nathalie umarmte Brenner. «Du hast die anderen gefunden! Was würden wir ohne dich machen.»

Mit seinen Waffen deutete Brenner auf Hofstetter. «Dein Zukünftiger ist auch nicht schlecht. Geborener Krieger.»

«Wenn es ernst wird, vergesse ich mich selbst», bestätigte Hofstetter.

Brenner führte sie über eine schmale Treppe in einen Raum, in dem Roland, der Mercedes-Fahrer und der Professor warteten. Der Professor saß in einem Rollstuhl.

Hofstetter eilte zu ihm. «So schön, Sie zu sehen, Professor! Viel schöner als in der Irrenanstalt. Aber warum der Rollstuhl?»

Der Professor antwortete nicht, sondern lächelte.

«Er ist geschwächt», erklärte Brenner. «Er trägt die Herzensgewänder der heiligen Blutstaubblüten von Cholula mit der Tunika des ewigen Lichts.»

«Sieht auch genauso aus.»

«Man verabreichte ihm die Droge der Wahrheit des Herzens.»

«Und die bewirkt, dass er lächelt statt redet?»

«Nein, sie macht ihn ruhig und wehrlos, damit man ihm besser das Herz herausreißen kann.»

Hofstetter war nicht überrascht. Und das war für ihn inzwischen vielleicht die größte Überraschung.

«Wir müssen ihn nach oben tragen.»

Roland nickte. «Wir konnten nicht sofort fliehen. Wir mussten zuerst den Zylinder mit dem ‹Ah-Puch› im Haupttempel deponieren. Und jetzt warten wir auf Shanti. Sie sucht nach einem Fluchtweg.»

«Wer ist Shanti?»

Brenner erzählte es ihnen: Gemäß der Tradition des Tempelordens durfte eine der Dienerinnen in den dunkelroten Gewändern – anders als die anderen – nicht lesbisch sein. Sie durfte sich auch nicht dem feministischen Zölibat verschreiben, sondern musste als Konkubine dienen, für die hochrangigen Mitglieder des Ordens. Diese Dienerin war Shanti, und sie hatte schon lange nach einem Ausweg aus ihrem Schicksal gesucht.

«Wir sind Shantis Ausweg», erklärte Roland. «Sie kennt die Anlage im Schlaf. Und wenn wir draußen sind, sorgen wir für ihre Freiheit.» Seine Augen funkelten. «Eine wunderbare Frau.»

Hofstetter staunte. Es war wirklich unglaublich, welche Überraschungen und gut passende Wendungen hier geboten wurden. Und dann vom Timing her auch noch auf die Sekunde genau – denn kaum hatten sie von Shanti gesprochen, stieß sie bereits zu ihnen.

«Ich habe den Fluchtweg gefunden», sagte sie.

Das konnte zwar niemand beurteilen, aber sie mussten es wagen, Shanti zu vertrauen. Außerdem konnten sie sehen, wie zärtlich Shanti die Hand von Roland nahm.

Brenner sagte: «Alles klar, Shanti führt uns. Sollte unterwegs etwas schieflaufen, bleibe ich zurück. Ich werde euch den Rücken freihalten, solange es geht. Bis auf die letzte Patrone.»

Niemand widersprach, weil niemand sonst zurückbleiben wollte. Und weil niemand so viele Patronen hatte wie Brenner. Shanti und Brenner gingen voraus, gefolgt von Nathalie und dem Mercedes-Fahrer. Das Schlusslicht bildeten Roland und Hofstetter, die den Professor im Rollstuhl schoben – bis zur ersten Treppe, dann mussten sie ihn tragen.

«Shanti ist toll», keuchte Hofstetter. «Heißt das, dass ich Nathalie heiraten darf, ohne dass du mich umbringst?»

«Sicher, die Liebe ist groß, mein Freund.»

«Die Liebe ist groß?»

«Weißt du das etwa nicht?»

«Doch.» Hofstetter ächzte. «Der Professor ist schwer, die Treppe lang.»

Die Treppe war sogar noch sehr viel länger. Sie schwitzten wie in die Jahre gekommene, übermotivierte Sportler, bevor sie eine Vorhalle erreichten, in der sie sich ausruhen konnten.

«Es ist nicht mehr weit», erklärte Shanti. «Der Weg führt über die Katakomben in die Krypta der Münsterkirche.»

Die Gruppe wollte den Marsch fortsetzen, doch plötzlich erschienen neue Leibwächter, angeführt von Vonnegut – und von Valentin F. Waldenroder, Meister der Loge, Hohepriester des Tempels.

11

Brenners Leute wurden in Gewahrsam genommen. Hofstetter wurde von Nathalie getrennt. Man sperrte sie in verschiedene Zellen – Hofstetter mit dem Professor in einen kleinen halbkreisförmigen Raum.

Der Professor setzte sich auf die Holzpritsche in der Mitte, in seinem Herzensgewand der heiligen Blutstaubblüten. Er wirkte immer noch ruhig, allerdings etwas wacher.

«Mein Freund», sagte er. «Wie schön, dass du mich besuchst.»

«Nein, Professor, wir wurden gefangen genommen.»

«So ist es. Der menschliche Geist muss immer kämpfen gegen das Gefängnis seiner selbstverschuldeten Unmündigkeit. Doch das ist eine gute, private Psychiatrie mit anständig bezahltem Personal.»

«Nein, das ist nicht die Klinik», erklärte Hofstetter. «Die Tempelsekte von Herrn Waldenroder hat uns gefangen genommen. Sie glauben an den Untergang der Menschheit und wollen Ihnen das Herz rausreißen, um die Göttin zu besänftigen.»

Der Professor wirkte nicht erstaunt. «Ich kenne Waldenroder von früher. Er wollte, dass ich Mitglied der Loge werde.»

«Sie sind *Mitglied?*»

«Nein. Ich sagte ihm, dass ich keinem Verein vertraue, der mich als Mitglied akzeptieren würde.»

«Weil Sie zu philosophisch sind?»

«Weil ich ein Sünder bin, so wie alle, Hofstetter. Von einer Gruppe, deren Mitglieder sich als etwas Besonderes, Erleuchtetes betrachten, kann nichts Gutes kommen.»

«Leuchtet ein.»

Der Professor blickte um sich.

«Sag mir, mein Freund, wie wir entkommen. Was ist der Plan?»

«Wir *hatten* einen Plan. Aber leider keinen Plan B. Ich weiß nicht einmal, wo sie Nathalie hingebracht haben.»

«Deine Freundin?»

«Verlobte. Ihre Liebe sprengt alle Erwartungen, ich wusste nicht, dass es das gibt. Sie möchte Kinder.» Hofstetter schüttelte den Kopf. «Umso verrückter, dass wir festgehalten wurden von lesbischen Veganerinnen, die den feministischen Zölibat halten.»

«Sie sind vegan, ich weiß.»

«Trotzdem haben sie keine Mühe damit, wenn Ihnen das Herz herausgerissen wird. Sie beten zu einer Göttin, die alles andere als vegan ist.»

Dies sei kein Widerspruch, meinte der Professor. Veganer und Tierschützer seien nun einmal Tierliebhaber, keine Menschenliebhaber.

«Aha.»

«Auch Götter gehen mit der Zeit, Hofstetter. Und *diese* Göttin ist jetzt wohl für Tierschutz und akzeptiert als Opfer nur noch Menschenfleisch. Passt zur kollektiven Depression des Westens bezüglich der Menschheit.»

«Aha.»

«Denk darüber nach, Hofstetter. Je veganer, grüner und klimafreundlicher eine Person in unseren Breitengraden ist, desto deprimierter ist sie über den Zustand der Gesellschaft. Desto weniger Mühe wird diese Person haben mit der Idee vom Ende der Menschheit.»

Für einen Moment überließ sich Hofstetter der Vorstellung einer Welt aus klimaverträglichen Pflanzen, Blumen und Tieren, harmonisch sich gegenseitig verschlingend, ohne die böse Gegenwart der Menschheit.

«Es gibt viel Wahnsinn auf der Welt.»

Der Professor nickte.

«Wenigstens bewahren *wir* einen klaren Kopf, Professor. Wir bleiben wach und bei Verstand.»

«Tun wir das?»

«Wenn nicht wir, wer dann?», wollte Hofstetter wissen.

Da musterte ihn der Professor mit der ganzen Strenge seiner graublauen Augen.

«Es kann sein, dass wir nicht wach sind, Hofstetter.»

«Soll das heißen, dass ich träume?»

«Ja.»

«Unmöglich. Seit meiner Entführung wurde ich mehrmals betäubt und habe dann im Schlaf jeweils geträumt, bevor ich wieder erwachte. Das bedeutet also, dass ich jetzt wach bin.»

Die Augen des Professors blieben auf ihn gerichtet. «Wovon hast du geträumt? Von deinem alten Leben? Vom Alltag im Büro, in der Redaktion?»

Hofstetter nickte.

«Das war vielleicht kein Traum, Hofstetter. Das war vielleicht die Realität. Die Realität, zu der dein

Gehirn zeitweilig zurückgefunden hat. Und *das hier* ist der Traum.»

«Unser Gespräch, eine Illusion?»

«Alles. Der Tempel mit der Göttin. Die Sekte. Die schöne Verlobte, die im Grandhotel mit Dom Pérignon auf dich wartet. Alles Chemie in deinem Hirn, ausgelöst von der Impfung. Die Impfung gegen die Wahrheit und das Leben.»

«Die *Impfung!* Das ist eine fixe Idee von Ihnen, Professor. Verfolgungswahn. Das hat Sie in die Klinik gebracht.»

«Möglich.»

«Wenn das alles ein Traum ist, sich dieser Traum für mich aber so real anfühlt wie die sonstige Realität: Wie könnte ich je den *Unterschied* merken? Wie könnte irgendjemand den Unterschied merken?»

«Was *ist* Realität? Seit Jahrtausenden eine grundsolide philosophische Knacknuss», entgegnete der Professor. «Niemand kann beweisen, dass er nicht träumt, wenn er annimmt, wach zu sein, und die anderen auch annehmen, wach zu sein, ohne ihrerseits beweisen zu können, ob nicht auch sie träumen statt wach zu sein in der Annahme, auf keinen Fall zu träumen.»

«Völlig logisch.»

Der Professor seufzte. «Trotzdem haben wir immer noch keinen Plan, wie wir hier rauskommen.»

«Und bald beginnt das Ritual.»

«Dann reißen sie mir das Herz raus.»

«Sind diese Logen und Geheimgesellschaften eigentlich alle verrückt? Oder gibt es auch normale?»

Die Antwort des Professors kam schnell, ohne das geringste Zögern. «Nein. Die meisten beten ihre Ideen an, ihre Weltpläne. Sie halten das für rational und aufgeklärt. Sie glauben an die grundsätzliche Vernünftigkeit und Anständigkeit des Menschen, weil sie sich selber für vernünftig und anständig halten.»

«Ja, klingt irre.»

Interessant, dass genau auf dieses Stichwort hin – irre – die Zellentür geöffnet wurde. Valentin F. Waldenroder betrat den Raum, gehüllt in eine purpurrote Soutane mit silbernem Rochett, als Gurt ein weiß-goldenes Zingulum. Dazu trug er einen Rauchmantel, wie man ihn aus Gottesdiensten kennt, mit schwarzem Stehkragen.

«Ich grüße Sie, meine Herren.»

Waldenroder deutete eine Verbeugung an, wobei die Insignien und Edelsteine auf seinem Gewand funkelten.

«Noch zwanzig Minuten, meine Herren. Dann gedenken wir Coatlicue, der Ehrwürdigen und Hohen, Coatlicue, der Lebensspenderin, der Todbringerin und Mutter aller Evolution. Wir bitten um Milde für die erloschenen Herzen der Hoffnung, für unsere Maschinen und Abfallhaufen.»

Hofstetter gefiel das Funkeln der Edelsteine.

«Ist das echt?»

«Junger Freund», antwortete Waldenroder. «Die Göttin ist so echt wie keiner von uns. Sie wird uns wahre Güte und Milde erfahren lassen. Sofern unsere Herzen vor dem Opfertisch der Schlange beten. Und sofern das Herz unseres Freundes *auf* dem Tisch liegt und sich selber im Blut der Hingabe vergießt, für das Leben der Kinder.»

«Und keinesfalls umgekehrt.»

«Und keinesfalls umgekehrt.» Waldenroder wandte sich an den Professor. «Ihr prophetisches Werk hat uns inspiriert, mein Freund. Ihr Geist ist groß, Ihre Denkschärfe gewaltig, Ihr Herz für die Wahrheit übermenschlich.»

«Alles komplett falsch», erwiderte der Professor.

«Ausgezeichnet», fuhr Waldenroder fort. «Mit Ihrem Werk, getarnt als misslungene Komödie, haben Sie uns gezeigt, wie unwürdig wir sind, dass wir uns als Menschheit nie bessern. Dass wir angewiesen sind auf Coatlicue, die Ehrwürdige und Hohe.»

Der Professor schwieg.

«In Ihrem Werk kommt ein humanistischer Supercomputer vor, erinnern Sie sich? Der Computer rechnet Szenarien durch, um Kulturtechniken und politische Systeme zu finden, zur Optimierung der Menschheit. Der Computer kommt zum Schluss, dass es keine Hoffnung gibt. Wissen Sie, Herr Professor, dass ein solcher Supercomputer existiert? Wir haben ihn gebaut. Unsere Loge zusammen mit erleuchteten Freunden vom Davoser Weltwirtschaftsforum. Genau wie in Ihrem Werk, Professor, rechnete der Computer die humanistische Hoffnungslosigkeit aus. Nun wird sich zeigen, ob auch die Göttin keine Hoffnung sieht, ob sie sich unserem Computer anschließt, wie in Ihrem Werk, oder ob wir göttliche Gnade erfahren, mein Freund.»

Der Professor schwieg immer noch.

«Das Schweigen der Demut», erklärte Waldenroder. «Wahrhaft *groß* sind Sie, mein Freund! Es wird uns eine Ehre sein, Ihr Herz herauszureißen! Bei der Wahrheit aller Zeiten: Nie gab es ein größeres Zeichen der Hingabe! Die Göttin und der Professor werden ein

Herz und eine Seele sein, schwimmend im raumlosen Fluidum der Weisheit. Dort werden sie das Schicksal der Menschheit reflektieren und durchleuchten. Ja, die Menschheit – ein so großes Potenzial, und so jämmerlich das Resultat!»

Waldenroder zeigte mit dem Finger auf Hofstetter.

«Aber sie werden *Milde* walten lassen, die Göttin und ihr Freund! Sie werden erkennen, was die *Kinder der Schlange* über die Jahrhunderte alles versucht haben, um die Menschheit zu verbessern. Sie werden sehen, was auch ich in den letzten Jahren unternommen habe, um die unterentwickelten Völker der Erde dazu zu bringen, weniger Babys in die Welt zu setzen. Wenn sie sich schon dem Fortschritt verschließen, sollen sie wenigstens ihre Frauen sterilisieren. Die Göttin wird sehen, wie gut dieser Plan gewesen ist!»

«Ich weiß nicht», erwiderte Hofstetter. «Die Menschen pflanzen sich immer noch recht gern fort. Vielleicht nicht in fortschrittlichen, auf Onanie spezialisierten Gegenden wie Zürich, dafür aber in vielen anderen Gebieten der Erde.»

«Das *ist* es ja! Täglich planlos Hunderte von Babys, in wilder Rückständigkeit. Deswegen brauchen wir die Demut des Rituals. Wir brauchen das Opfer des reinen, von Hand herausgerissenen Herzens. Sonst wird der mütterliche Zorn der Göttin über *alle* hereinbrechen. Sonst wird die ganze Menschheit ausgelöscht, zum Schutz der Tiere und Pflanzen.»

Hofstetter war irritiert. «Ich dachte, das Ritual soll den Untergang der Menschheit herbeiführen, weil wir als Gattung versagt haben. Aber sie *wollen* gar nicht, dass die Menschheit ausstirbt?»

«Doch, aber nur im Großen und Ganzen. Wir verneigen uns vor dem Zorn der Göttin, bitten aber darum, dass einige wenige Menschen verschont werden, genauer gesagt: dass die besonders verdienten Frauen und Männer unserer Loge verschont werden. Noch genauer: dass auf jeden besonders verdienten Mann unserer Loge, der verschont wird, zusätzlich etwa zehn junge Frauen kommen, die ebenfalls verschont werden. Immerhin haben wir nach der Apokalypse die Erde neu zu bevölkern.»

«Immerhin.»

Waldenroder kreuzte seine Arme unter dem Talar.

«Nun gut, die Zeit ist gekommen, meine Herren. Wir sehen uns am Altar der Bluttränen. Vor den Feueraugen der Göttin, die unsere Demut durchleuchten wird.»

Hofstetter wollte nach Nathalie fragen, doch Waldenroder hatte sich bereits umgedreht und verließ, mit wehendem Rauchmantel, den Raum.

12

Etwa zehn Minuten vergingen, dann wurden Hofstetter und der Professor abgeholt. Vier Leibwächter geleiteten sie durch einen Vorhof, kleine Fässer an Silberketten schwingend, darin ein qualmender, stinkender Sud.

Man brachte sie in den Haupttempel. Ein rechteckiger, von sechzehn Säulen getragener Raum. An der Schmalseite eine Freitreppe, die in einem Halbkreis in die Halle hinab führte, wo die Versammlung wartete: Männer und Frauen in Gewändern, Talaren, Ornaten.

Entlang der Wände hingen Fackeln, oben an der Decke ein antiker schwarzer Kronleuchter. Die himmelwärts gebogenen Arme des Leuchters sahen aus wie versteinerte Schlangen, die Mäuler als Kerzenhalter aufgerissen, die Flammen gelbrot, reptilienaugenförmig.

Hofstetter erblickte in den ersten Reihen vor dem Altar Brenner, festgehalten von Vonnegut und zwei Kuttenträgern. Weiter hinten standen Roland und Shanti. Keine Spur von Nathalie.

Ungefähr in der Mitte des Raums waren Männer, die etwas in die Luft streckten, das wie eine Schlange aussah. Ja, die Schlange bewegte sich. Sie ringelte sich um die Hände und ausgestreckten Arme der Männer, bis einer von ihnen dem Tier den Kopf abschnitt und das Blut auf die anderen herabsprudeln ließ, auf die verzerrte Blässe ihrer Gesichter, die Zähne gefletscht, hin und her wankend wie in Trance.

Man brachte Hofstetter und den Professor nach vorne, neben den Altar. Dort thronte, knapp drei Meter hoch, die Göttin Coatlicue, runterstarrend auf ihre Gläubigen, die Augen kerzenhell brennend und stille, crèmefarbene Wachstropfen weinend. Das Vulkangestein der Statue schien zu dampfen, der basaltschwarze Schlangenrock erstarrt in ringelnder Bewegung, die Reptilienköpfe hochgestreckt. Unter dem Schädel der Göttin hing ein Knochenhalsband, daran aufgehängt Fleischfetzen, unbestimmbare, verschrumpelte Organe.

Ein Raunen ging durch die Versammlung, als auf der Freitreppe der Meister der Loge erschien, Waldenroder. Die Altarkerzen flackerten, die Augen der Göttin loderten in der Hitze ihrer Tränen.

«Willkommen, Kinder!» Der Meister breitete die Arme aus. «Hinab mit euch auf den Boden. Hinab in den Mutterschoß der Herrin, Schöpferin des Himmels und der Erde.»

Alle warfen sich hin, die Lippen murmelnd, wispernd, um Coatlicue zu huldigen, der Großen und Erhabenen, der Gerechten und Opferhungrigen.

Nur Brenner blieb stehen. Und Hofstetter. Und der Professor. Und Roland. Und Shanti.

«Der Professor ist zu schwach, um zu knien», erklärte Hofstetter. «Und meine Gelenke sind auch nicht mehr jung.»

Schnell huschten Tempelwächter herbei und zwangen die Hochmütigen zu Boden, schlugen mit dem

Bambusstock, droschen und peitschten, bis alle vor der Göttin krochen.

«Bitte, bitte!», flehte Hofstetter.

Aus den Augenwinkeln konnte er die fahlen Gesichter zweier Frauen sehen, die sich für einen Moment aufrichteten und in der Menge knieten, die Augen schwarz, die Zunge rausgestreckt, in der Hand eine Rasseltrommel, die sie schüttelten und drehten, mit prasselnden, an Schnüren befestigten Kügelchen.

Und auf der anderen Seite des Raumes sah Hofstetter – Nathalie. Er sah, wie sie hereingetragen wurde, sitzend auf einer blumengeschmückten Sänfte, gefesselt und geknebelt, im goldenen Seidenkostüm, das Haar hochgesteckt.

«Ahh!», machte die Menge. «Uhhmm!»

Nun richteten sich alle Gläubigen auf und verharrten betend auf den Knien. Dann kam – die Arme schulterbreit geöffnet, die Hände flach nach oben zeigend – Waldenroder die Freitreppe herab, der Saum des Rauchmantels hinter ihm her, über die Stufen gleitend wie ein Schatten aus Seide und Magie.

«Coatlicue!», rief er.

Und die Knienden: «COATLICUE!»

Echohaft irrten die Stimmen zwischen den sechzehn Säulen umher.

«Tipilli!», rief der Meister. «Nantui!»

Die Menge: «CO-A-TLI-CU-EE!»

Wieder das Echo, während die Gläubigen weiterflehten und hechelten, auf den Knien rutschend, unter dem Zischeln und Züngeln der Fackeln an der Wand. Und die Fackeln warfen Schatten in die Luft, in alle Richtungen: auf die Wände, auf die Gesichter der Gläubigen, auf die fleischfarbenen Sterne ihrer ausgestreckten Hände mit den gespreizten Fingern.

Der Meister hatte die Treppe hinter sich gelassen und wandelte zwischen ihnen umher – still, schwerelos – durch das Schattenzittern nach vorne zum Altar.

Dort betrachtete der Meister das Antlitz der Göttin, verneigte sich unter den schwarzen Höhlen der Augen mit den Kerzenlicht-Pupillen, aus denen weiter Wachs tropfte, auf das durchschlängelte Vulkangestein des Rocks hinab, auf den Boden, zwischen die heiligen Klauenfüße.

«Ti monemita!», rief der Meister.

Nun hörte das Kriechen auf dem Hallenboden auf. Die Gläubigen kamen auf die Beine, die Gewänder durcheinander, die Talare zerknittert, die Ornate besabbert.

Nathalies Sänfte wurde abgesetzt – links neben dem Altar, gegenüber Hofstetter und dem Professor. Hofstetter wollte hinrennen, wollte Nathalie losbinden. Aber er wurde festgehalten, während sich Waldenroder hinter dem Altar postierte. Andächtig schwebte seine Stimme über der Versammlung.

«Erbarme dich, Mutter des Lebens, Gebärerin des Todes! Nimm die grünen Augen unseres Gartenmädchens der Fruchtbarkeit. Als Zeichen der Reue. Nimm die Augen als erstes Gabengebet, in unserer Stunde der Sonnenfinsternis!»

«Ahh!», machte die Menge. «Uhhmm!»

«Und dann, erhabene Mutter, nimm das *zweite* Gabengebet. Erhöre uns, Erschafferin und Zerstörerin, Unsterbliche der Schlangenkinder! Erhöre uns und nimm nicht nur die grünen Augen, sondern auch das *Menschenherz,* das wir dir darbringen. Nimm das Herz, das nicht lügen kann, das Herz, das wir für dich gefunden haben. Das Herz, das in der Weisheit des Universums schwimmt wie dein eigener Geist, Schwester der Tränen.»

«Ahh! Uhhmm!»

Die vier Männer, welche die Sänfte getragen hatten, zückten Klingen und streckten sie in die Luft; gekrümmte, matt glänzende Kurzschwerter. Man riss Nathalie von der Sänfte, mit den Beinen um sich schlagend, durch den Knebel gedämpft schreiend.

«Nein!»

Hofstetter riss sich von seinen Aufpassern los und konnte sehen, dass auch Roland und Shanti sich dem Altar näherten.

«Suuah!», schrie Roland. «Ah-Puch!»

Waldenroder, Meister der Loge, schüttelte den Kopf. Er begann sogar zu lächeln, als sei es peinlich, was Roland da tat, bedauernswert.

Roland wiederholte: ««Suuah! Ah-Puch!»

Zuerst sah es so aus, als würden die Worte nichts bewirken, als tue sich nichts und Waldenroders Lächeln behalte recht – bis sich, unter dem Altar, doch etwas tat. Bis sich ein grünes Leuchten regte. Ein grünes, kreisendes Leuchten.

«Mohate!»

Waldenroder trat einige Schritte zurück, wie getroffen vom Anblick des Leuchtens, das den Panzer seiner Selbstsicherheit durchdrungen hatte. Hofstetter konnte es sehen: Unter dem Altar stand der Zylinder. Der Zylinder mit der kreisenden Flüssigkeit, den Roland hergetragen hatte. Der Zylinder, der nun von einem Zittern erfasst wurde.

«Ah-Puch!», rief Brenner.

Und wieder Roland: «Ah-Puch!»

Der Zylinder zitterte immer stärker. Bis er seitwärts umkippte. Er rollte unter dem Altar hervor, mit dem kreisenden, grünen Leuchten; rollte zu den Stufen vor dem Opfertisch, rollte weiter, rumpelte und klimperte hinab. Das Glas zerbrach. Die Flüssigkeit ergoss sich über die Stufen und den Boden vor der Versammlung, glühend, pulsierend.

«Sie wollen den Tempel zerstören!»

Waldenroder hatte begriffen. Er konnte aber nicht verhindern, dass die Flüssigkeit sich weiter ausbreitete und dass sie begann, einen Wirbel am Boden zu bilden. Einen pulsierenden, mit schmutzigem Schaum durchkräuselten Wirbel, der schneller wurde und zu einer Säule heranwuchs. Eine Wassersäule, die langsam hochstieg, in Richtung Decke. Sobald das Wasser dort ankam und den Stein berührte, schien die Decke in einem wässrigen Glanz zu ertrinken.

Inzwischen war Hofstetter zu Nathalies Aufpassern gerannt, die immer noch ihre Schwerter in der Hand hielten.

Zum Glück stieß Brenner dazu.

Blitzschnell warf er sich hin und fegte, die Beine ausgestreckt, zwei Aufpasser zu Boden, entriss ihnen die Klingen, rammte sie ihnen in den Bauch. So schnell, dass die anderen beiden zuerst wie erstarrt waren, dass sie einige Sekunden brauchten, um ihrerseits zuzustechen und Brenner zu verletzen, am Arm und an der Schulter.

Hofstetter warf sich auf einen von ihnen, kratzte ihm ins Gesicht, biss ihm in die Hand, so dass er das

Schwert fallen ließ – während Brenner wieder auf die Beine kam. Er machte, trotz Verletzung, einen Sprung auf den vierten Mann zu, mit einem kerzengeraden Hieb in den Hals. Der Getroffene sank, Blut gurgelnd, zusammen.

Hofstetter verpasste seinem Gegner einen Faustschlag ins Gesicht und schnappte sich sein Kurzschwert. Damit ging er zu Nathalie und schnitt ihre Fesseln durch, entfernte den Knebel.

«Hofstetter!»

Sie umarmten sich. Dann eilten sie mit Brenner in die Mitte des Raums, wo Roland und Shanti kämpften – gegen Vonnegut und drei Männer. Shanti sprang gerade in die Luft, mit propellerhaft sich drehenden Beinen, die Hände scharfkantig herabsausend.

Einige Meter entfernt stand, wie angewurzelt, Waldenroder, die Augen aufgerissen. Er blickte nach oben. Die Decke war nun ganz vom Wasser bedeckt; in Bewegung gehalten von einem glitzernden elliptischen Strudel, im Innern der tropfende, dampfende Kronleuchter aus schwarzen Schlangenkörpern, das Kerzenlicht der Mandelaugen flackernd.

«Schnell!», rief Nathalie.

Sie arbeiteten sich durch die Hektik im Raum, seitwärts an den Säulen entlang zur Freitreppe: der verletzte, blutende Brenner zuerst, der Professor mit Nathalie und Hofstetter hinterher, dann Roland und Shanti.

Bevor sie die Treppe erreichten, konnten sie sehen, wie da und dort Wasserstrahlen von der Decke herunterschossen. Strahlen, die aussahen wie die verflüssigten Tentakel eines Riesenpolypen, der nach

Leuten schnappte, der spritzend auf sie niederklatschte. Hofstetter sah eine Frau, die vom Strahl im Gesicht getroffen und gegen eine Säule geschleudert wurde.

Sie erreichten die Freitreppe und eilten die Stufen hinauf. Dann, für einen Moment, blieb Hofstetter stehen, oben an der Treppe. Er sah, unten in der Halle, neue Wellenbewegungen der Panik mit sich drehenden, stolpernden Leuten, mit fassungslosen Gesichtern, mit Armen und Händen, die ins Nichts griffen.

Auf der rechten Seite des Raums – Vonnegut! Er schaute in Hofstetters Richtung, ihre Blicke kreuzten sich. Nur Augenblicke, bevor ein Wasserstrahl auf Vonnegut herab peitschte und ihn nach vorne schleuderte. Er prallte gegen die Statue Coatlicues und blieb liegen, während die Knochenkette der Göttin auseinanderfiel, die verschrumpelten Organe runterpurzelten.

Nicht weit davon entfernt erblickte Hofstetter Waldenroder, der jetzt unter dem tropfenden Kronleuchter stand.

Der Meister betrachtete den Wirbel, der den Leuchter umgab, das Wasser, in dem sich neue, glasfarbene Arme bildeten. Arme, die zu Waldenroder herabglitten, die ihn umschnupperten und dann umschlängelten, glitzernd, rieselnd.

Waldenroder wurde in die Höhe gehoben und schwebte zur Decke. Vielleicht rief er etwas, schrie etwas – der Mund bewegte sich, doch Hofstetter konnte nichts hören.

Oben angekommen, drehte sich der Meister um sich selber, die Füße nach oben. Dabei streckte er eine Hand aus, wollte sich festhalten am äußeren Arm des

Kronleuchters. Doch er zog alles mit sich; seitwärts beugte sich der Leuchter nach oben, zum Wasser. Ein Flackern fuhr durch den Leuchter, und es flimmerten – im Nieselvorhang, der sich von der Decke senkte – bläuliche Blitze. Sie sprangen auf Waldenroder über, hüpften zischelnd über seine Schultern.

Dann versank er mit den Füßen voran im Wasser, zuletzt der ausgestreckte, von den Kerzen rauchende Arm – und die unter dem Talar hervorhängende kardinalsrote Krawatte.

13

Auf dem Weg nach oben führte Shanti die Gruppe an. Durch den antiken glockenförmigen Raum gelangten sie in die Katakomben. Dort trafen sie auf den Mercedes-Fahrer, der sich auf der Flucht wohl verirrt hatte.

Unterwegs spürten sie, im Untergrund, Erschütterungen, ein Rumpeln, Kollern, Donnern.

Leiser wurde es erst, als sie einen von Spinnweben durchkreuzten Gang erreichten. Der führte zu einer Wendeltreppe, und die Treppe zu einem letzten staubigen Hohlraum, der sich neben der Krypta der Münsterkirche befand.

Oben angekommen, eilten sie durch die Stille des Kirchenschiffs und gelangten nach draußen, endlich – unter den freien Himmel. Wie schön es war, die Morgendämmerung zu sehen, die gerade eingesetzt hatte, wie schön die frische Luft!

Hofstetters Herz machte einen Freudensprung.

«Wir haben es geschafft!»

«Gute Arbeit», sagte Brenner.

Hofstetter konnte es nicht fassen. «Das war eine schwer gestörte Gruppe da unten.»

«Aber wir haben sie aufgehalten», sagte Nathalie. «Wir haben das Ritual gestoppt.»

Hofstetters Freund, der Professor, wirkte nachdenklich.

«Alte heidnische Riten, sehr interessant. Es muss noch mehr Logen geben, die einer naturvölkischen Tradition anhängen, mit Geisterbeschwörung, Opferaltar, Blutorgien.»

Angewidert schüttelte Shanti den Kopf.

«Vorkoloniale Ethnien», fuhr der Professor fort. «Azteken, Mayas, Inkas. Sind fast alle verschwunden heute. Wurden brutal verdrängt vom Christentum.»

Hofstetter nickte. «All die schönen Kindstötungen, Jungfrauen-Erdrosselungen, Menschenfleisch-Barbecues.»

«Skrupellos missioniert und ausgelöscht von den Christen.»

«Total. Auch die Schrumpfköpfe im Museum, mit zugenähtem Mund, damit die Racheseele nicht entweichen kann.»

Roland nahm Shantis Hand, schaute ihr tief in die Augen. «Du hast uns aus der Hölle herausgeführt. Wir stehen in deiner Schuld. Die *Kinder des Lichts* stehen in deiner Schuld.»

«Die Menschheit steht in deiner Schuld», ergänzte Brenner.

«Genau», bestätigte Hofstetter. «Und dieses ‹Ah-Puch› war wirklich der Hammer.»

Jetzt warf Brenner einen Blick zurück zur Kirche. «Wartet – es ist noch nicht vorbei.»

«Wie? Nicht vorbei?»

Einige Sekunden verstrichen, dann war es zu spüren, unter ihren Füßen, wie ein nahendes Beben.

«Das blendende Licht des Feuertodes.»

«Das blendende was –?»

«Es ist explodiert. Es kommt. Macht die Augen zu.»

Alle machten die Augen zu. Außer Hofstetter. Bevor das Licht der unterirdischen Explosion den Münsterplatz erreichte, wollte er Nathalie in die Arme nehmen. Er küsste sie – über ihnen der Himmel des neuen Tages, wie ein Versprechen.

In den nächsten Wochen ging es für Brenner und seine Leute aus der Zukunft darum, sich zu erholen und einen neuen Platz zu finden. Einen Platz in der Welt des Jahres 2021, für deren Rettung sie die Welt von 2075 verlassen hatten. Eine Welt, in die sie nicht zurückkehren konnten, denn für die Zeitmaschine war es bekanntlich nicht nur nicht möglich, Laserwaffen zu transportieren, sondern ebenso wenig, Zeitreisende ins Jahr 2075 zurückzuholen.

Brenner war der Erste, der eine Aufgabe fand. Aufgrund seiner militärischen Talente engagierte ihn die Kantonspolizei Zürich als Nahkampf-Ausbildner. Später wurde er Sicherheitsberater der Regierung. Er kümmerte sich um Geheimlogen und andere staatsgefährdende Gruppen. Insbesondere Gruppen, die durch das Verbreiten apokalyptischer Ängste politische Macht anstrebten. Ängste in Bezug auf Pandemien, auf den Klimawandel oder das böse kapitalistische System.

Brenner kümmerte sich auch um Antisemiten aus dem rechtsnationalen Milieu. Außerdem um muslimische Antisemiten, um esoterische Antisemiten, um linkssozialistische Antisemiten, um antifaschistische oder grüne Antisemiten. Sowie um alle anderen Antisemiten in den Universitäten, Parlamenten und Redaktionsstuben Europas.

Der Mercedes-Fahrer folgte Brenners Weg und baute mit ihm ein Spezialkommando auf, die erste Anti-Größenwahn-Brigade der Welt. Bei ihrem ersten Einsatz – in der Nähe von Kalifornien – stürmten sie ein Treffen humanistischer Multimilliardäre, die gerade an der digitalen Optimierung der Menschheit arbeiteten (unter Einfluss der verlockenden Idee, zuerst einmal die alte Menschheit abzuschaffen).

In diesem Zusammenhang lancierte Brenner eine Aufklärungskampagne, um einer breiteren Bevölkerung aufzuzeigen, wie Weltverbesserer tickten. Dass es vielen von ihnen darum ging, die Menschen zu *reinigen* – reinigen von falschen Überzeugungen oder minderwertigen Lebensweisen (Faschisten), vom bösen Kapitalismus (Kommunisten) oder von einem System ungerechter Freiheiten (Sozialisten). Brenner wollte zeigen: Solche Weltverbesserer verachteten den realen, schwachen Menschen im Grunde, weil er ihnen nicht stark genug war, nicht gerecht genug, nicht klimafreundlich genug.

Roland und Shanti verbrachten die nächsten Jahre weniger politisch und kämpferisch. Sie gönnten sich eine Weltreise, die sie sehr glücklich machte und dazu brachte, sich auf einer karibischen Insel niederzulassen. Seither hat man nichts mehr von ihnen gehört. Was ein gutes Zeichen ist, denn wie sollten sie in der Karibik nicht noch glücklicher geworden sein?

Hofstetters Freund, der Professor, nahm das Angebot für eine regelmäßige Kolumne in der Zürcher Allgemeinen Zeitung an. Eine solche Kolumne erlaubte es ihm, das aktuelle gesellschaftspolitische Geschehen in populärer Form weltanschaulich einzuordnen. Das war besser, als zu versuchen, eine neue Komödie zu schreiben.

Im Übrigen liebte der Professor weiterhin Spaziergänge auf Höhenwegen, unterbrochen von Holzbänken mit herrlicher Aussicht und saftigen Äpfeln. Am liebsten in Begleitung von Hofstetter.

Einmal, auf einer Holzbank mit besonders herrlicher Aussicht, sagte Hofstetter: «Das Wunder der Menschheit ist erstaunlich.»

«Vor allem, dass es noch immer da ist.»

«Das Wunder?»

«Das Erstaunliche der Menschheit.»

«Richtig.» Hofstetter überlegte. «Jetzt habe ich vergessen, worauf ich hinauswollte.»

Der Professor biss in seinen Apfel.

«Jetzt weiß ich es wieder», sagte Hofstetter. «Wenn man die Jahrhunderte anschaut, die hinter uns liegen, schrammt die Menschheit immer wieder knapp am Untergang vorbei.»

«Sehr knapp.»

«Genau. Aber was ist erstaunlicher: dass wir immer wieder so knapp am Untergang vorbeischrammen? Oder dass wir den Untergang immer wieder so knapp provozieren?»

Der Professor betrachtete seinen angebissenen Apfel. «Beides, mein Freund. Und noch erstaunlicher: Diesmal waren *wir* es, die den Untergang verhinderten.»

«Oder wir haben den Untergang nur verschoben, auf später.»

Der Professor musterte ihn mit seinen graublauen Augen. «Mehr kann man nicht erreichen. Wir leben noch, auch wenn die meisten Leute regierungshörige Angsthasen sind, auf die man sich nicht verlassen kann. Das Leben ist *gut*, mein Freund.»

Hofstetter schwieg.

«Was ist mit dir los?», fragte der Professor. «Heiratest du nicht bald?»

«Doch.»

«Und ist Nathalie nicht deine Liebe?»

«Doch.» Hofstetter überlegte. «Ich weiß nicht, wie ich es sagen soll. Eine solche Liebe habe ich nie für möglich gehalten, verstehen Sie? Es ist, als müsste ich einem Traum vertrauen, von dem ich spüre, dass er zu schön ist, um wahr zu sein.»

Der Professor nahm noch einen Biss von seinem Apfel. Dann: «Habe ich dir schon erzählt, wie ich damals meine Frau, Gott hab' sie selig, kennenlernte?»

Nein, persönliche Dinge hatte der Professor eigentlich noch nie mit Hofstetter besprochen. Er wusste nur, dass seine Frau vor acht Jahren gestorben war, Brustkrebs.

«Sie war die Liebe meines Lebens, mein Freund. Seit ihrem Tod ist es eine offene Wunde. Ich vermisse sie entsetzlich. Aber das Leben ist gut, trotz allem.»

«Welcher Teil genau?»

Der Professor blickte in die Ferne, zur Gebirgskette, die sich unter dem Dunst des Himmels abzeichnete, unter langsam dahinziehenden wattefarbenen Wolken.

«Ich weiß», sagte er. «Andere wären nicht allein geblieben. Sie hätten ein Jahr oder zwei Schwarz getragen und dann jemanden getroffen, eine neue

Liebe, eine neue Ehe. Das konnte ich nicht. Denn *sie* war es. Niemand sonst.»

«Das ist traurig», erwiderte Hofstetter. «Und schön. Es ist schrecklich traurig und schrecklich schön. Weil es so schrecklich ist, dass es so schön ist, wenn eine Liebe wie die Ihre möglich ist, obwohl der Tod so schrecklich ist inmitten einer solchen Schönheit, verstehen Sie?»

«Vollkommen.»

«Ich könnte auf der Stelle weinen, wenn wir uns in einem romantischen Jahrhundert befinden würden.»

«Aber das tun wir zum Glück nicht.»

«Nein, nicht im Zeitalter von Smartphone und Porno.»

«Von Angst, Drogen und Fitness.»

«Von Selbstausbeutung als Selbstverwirklichung.»

«Der dauerzerstreute Mensch.»

«Totalverwertet.»

«Und doch», sagte der Professor, «das Leben ist gut.»

Von dieser Stimmung des Professors ließ Hofstetter sich in den kommenden Wochen anstecken und begann, an einem Roman zu arbeiten. Titel: «Hinter dem Zitronenbaum». Die Geschichte drehte sich um eine Frau mit grünen Augen, die durch die Zeit reiste, um ihre Liebe zu finden. Eine Frau, die sich für die Liebe ganz verschenkte.

Hofstetter war verblüfft, so etwas zu schreiben, und noch mehr, dafür einen renommierten deutschen Literaturverlag zu finden, der ihm einen Vertrag anbot, mit einer Gewinnbeteiligung von 11 Prozent, was branchenüblich war und ihn sehr freute (den Verleger, nicht Hofstetter).

Bevor das Buch auf den Markt kam, heirateten Nathalie und Hofstetter in einer kleinen Schlosskapelle im Kanton Luzern. Das Ehepaar Flores bestand darauf, das mexikanische Catering zu besorgen, womit Hofstetter einverstanden war, unter der Bedingung, dass es keine Meerschweinchen gab.

Während der Trauung in der Schlosskapelle nahm der Priester (ein Freund des Professors) die Hände von Nathalie und Hofstetter. Er führte sie zusammen, über dem Altar, und wies sie an, seine Worte zu wiederholen.

«Ich bin dein, und du bist mein.»

Nathalie: «Ich bin dein – und du bist mein.»

Hofstetter: «Ich bin dein – und du bist mein.»

«Der Tod wird uns scheiden, aber nicht das Leben.»

Sie wiederholten.

«Das Leben wird uns feiern, wie wir das Leben feiern.»

Sie wiederholten.

«Das Leben ist fruchtbar, wie wir fruchtbar sind.»

Sie wiederholten, auch wenn Hofstetter seine Wiederholung kurz unterbrechen und erneut wiederholen musste, da ihm zuerst *furchtbar* statt fruchtbar herausgerutscht war.

Das Catering war gut, das Hochzeitsfest in der Nähe des Luzerner Sees ausgelassen. Hofstetter tanzte lange und fröhlich, was ihn noch mehr verblüffte als der Vertrag mit dem renommierten Verlag.

Auf die Frischvermählten wartete eine Hochzeitsnacht im Grandhotel *Le Palace Montreal*, bevor die Flitterwochen sie nach Italien führen würden.

Als Nathalie und Hofstetter am späten Abend im Hotel eintrafen, einem 110-jährigen Bau im Stil der Belle Époque, begleitete man sie in die Royal Suite, wo Blumen warteten, Erdbeeren, Champagner und eine große, auf den See hinausgehende Terrasse.

«Das hat Brenner organisiert», sagte Nathalie.

Hofstetter trat auf die Terrasse hinaus, unter den nachtblauen Himmel, die Sterne glänzend auf dem schwarzen Spiegel des Sees.

«Unglaublich.»

«Ja», sagte Nathalie. «Und Brenner hat eine weitere Überraschung vorbereitet. Ich darf es eigentlich nicht wissen, aber Frau Flores hat es mir verraten.»

«Vielleicht ein Feuerwerk über dem See? Würde zu ihm passen.»

Nathalie betrachtete ihn schweigend.

«Worauf wartest du», sagte sie. «Bring mir ein Glas Champagner.»

Hofstetter eilte zum Eiskübel, schenkte die weißgoldene, schaumig perlende Flüssigkeit in die Gläser und brachte sie zu seiner Frau.

«Es wird ein Knaller sein, groß und hell, du wirst sehen» sagte sie. «Typisch Brenner.»

«Hauptsache, das Hotel steht nachher noch.»

Hofstetter schaute rüber, zum dunklen Glanz des Sees, dann hinauf zu den Sternen – und hatte plötzlich einen schrecklichen Gedanken.

«Ich habe einen schrecklichen Gedanken», sagte er.

«Jetzt?»

«Ja.»

Nathalie stellte ihr Glas auf die Brüstung der Terrasse.

«Was ist los?» Sie schlang die Arme um ihn, mit der Wärme und dem Duft eines neuen Zuhauses.

«Schrecklich», flüsterte er. «Was, wenn das alles nur ein Traum ist?»

«Ein Traum?»

«Eine Illusion.»

Sie lächelte: «Dann mach lieber schnell. Küss mich, bevor du aufwachst.»

Hofstetter küsste sie, und der Kuss leuchtete groß und hell über dem See, ganz so, als handle es sich um Brenners überraschendes Feuerwerk – oder nein, eigentlich noch viel größer.

Nachwort des Autors

Dieses Buch ist das Ergebnis einer depressiven Stimmung. Seit dem Frühjahr 2020 leben wir mit Corona-Lockdowns. Zuerst traf es die Wirtschaft, die Restaurants, die Kultur, die Kirchen und schließlich unser ganzes soziales Leben. Restriktive Gesundheitspolitik bis in die Wohnstuben hinein. Dabei wurde der wissenschaftliche Pluralismus ebenso eingeschränkt wie die Meinungsfreiheit, die Versammlungs- und Reisefreiheit. Das spaltet die Gesellschaft.

Die Trennlinie geht mitten durch Familien und Freundeskreise hindurch. Sie verläuft zwischen Gläubigen und Ungläubigen in Bezug auf Legitimität und Verhältnismäßigkeit der Maßnahmen. Der Vertrauensverlust, den die Medien erfahren, ist mindestens so groß wie der Vertrauensverlust der Regierungen. Die Krise hat nicht nur den Alltag von Millionen verändert, sondern stellt das Verhältnis des Einzelnen zum Staat auf die Probe. Das Verhältnis der Menschen untereinander, das Verhältnis von Nähe und Distanz, Solidarität und Paranoia.

Ich bin in der glücklichen Lage, auch in solchen Zeiten Geschichten schreiben zu dürfen. Ich kann der Fantasie freien Lauf lassen und romantische, lustige, wahnsinnige Figuren erfinden.

Gott sei Dank habe ich mich im Januar 2021 (Tiefpunkt meiner Lockdown-Depression) an den jüdischen Filmregisseur Billy Wilder erinnert, der als junger Mann vor den Nazis geflohen war und berühmt wurde mit Komödien wie «Manche mögen's heiß», «Das verflixte 7. Jahr» oder «Der Glückspilz». Wilder drehte auch dramatische Klassiker wie «Boulevard der Dämmerung». In einem Rückblick auf sein Leben sagte er, dass er immer dann eine Komödie gedreht habe, wenn es ihm schlecht ging. Auf den Hinweis, im Laufe seiner Karriere (über 60 Filme) habe er mehr Komödien als Dramen gedreht, antwortete Wilder: «Richtig. Jetzt wissen Sie, wie ich mich meistens gefühlt habe.»

Diese Haltung hat mich beeindruckt. Meine bisherigen Romane bestehen zum Großteil aus dramatischen Situationen. Gemäß Wilders Logik fühle ich mich demnach so gut, dass ich keine Komödien schreiben muss. Ich führe ein glückliches Leben. Das stimmt. Und es hat viel mit meiner Frau Antje zu tun, der dieses Buch gewidmet ist. Aber die verdammte Lockdown-Depression hatte mich trotzdem erwischt. Bis ich mich an Wilder erinnerte und mir sagte, dass ich sein Rezept ausprobieren muss. Ich habe mein nächstes Thriller-Drama unterbrochen (ein Roman über Klima-Terroristen, an dem ich derzeit arbeite), um etwas Lustiges, Luftiges zu schreiben. Etwas nach dem Prinzip Spaß.

Für mich ist es der erste Versuch einer literarischen Actionkomödie. Mit Zeitreisen, dunkler Magie, Kalaschnikows, Geheimlogen und einem romantischen Knaller-Finale, bei dem es um die Rettung der Menschheit geht.

Ich habe mir einige meiner Lieblingsfilme während des Lockdowns erneut angesehen. Sie haben dieses Buch inspiriert – mindestens so stark wie die Realität da draußen. Im Anschluss liste ich die Filme auf. Sie bieten alle auf ihre Weise fantastisches, verrücktes Kino.

In diesem Sinn wünsche ich viel Spaß, Lebensfreude und Champagner! Und wie Jack Burton, der Held aus «Big Trouble in Little China», vielleicht sagen würde: Mögen die Flügel der Freiheit und der Liebe nie ihre Federn verlieren.

Giuseppe Gracia, Juni 2021

Filme

- **Big Trouble in Little China**
  (1986, Regie: John Carpenter)
- **Indiana Jones und der Tempel des Todes**
  (1984, Regie: Steven Spielberg)
- **Die totale Erinnerung – Total Recall**
  (1990, Regie: Paul Verhoeven)
- **Matrix**
  (1999, Regie: L. & L. Wachowski)
- **Zurück in die Zukunft**
  (1985, Regie: Robert Zemeckis)
- **Die Fürsten der Dunkelheit**
  (1987, Regie: John Carpenter)
- **Der unsichtbare Dritte**
  (1959, Regie: Alfred Hitchcock)
- **Tanz der Vampire**
  (1967, Regie: Roman Polański)
- **Terminator 2 – Tag der Abrechnung**
  (1991, Regie: James Cameron)
- **WarGames – Kriegsspiele**
  (1983, Regie: John Badham)
- **Inception**
  (2010, Regie: Christopher Nolan)
- **Das fünfte Element**
  (1997, Regie: Luc Besson)
- **The Birthday**
  (2004, Regie: Eugenio Mira)